拾ったものは大切にしましょう

～子狼に気に入られた男の転移物語～

2

著 ぽん　ill. TAPI岡

登場人物紹介
スコル
イオリに拾われた狼獣人の少年。双子の兄。
アウラ
魔の森に迷い込んだバトルホース。
パティ
イオリに拾われた狼獣人の少女。双子の妹。
イオリ
ゼンを助けたことで異世界に転移した青年。穏やかで礼儀正しいが、料理のことになると暴走しがち。
ナギ
イオリに拾われたエルフの少年。特別な力を秘めている。

テオルド
公爵家当主でヴァルトの父。イオリの人柄を気に入っている。
ボー
公爵家の庭師。植物について熟知している。
ゼン
イオリに拾われた狼。転移時に神獣フェンリルになった。体のサイズを自由に調整できる。

山神《やまがみ》が手厚く保護していた子狼《こおおかみ》を助けるために、命を落とした青年、相沢庵《あいざわいおり》。

彼の勇敢な行動を見ていた輪廻《りんね》の案内役である神リュオンの力で、イオリと真っ白な子狼――ゼンは異世界に転移した。

転移の際に、リュオンの力でイオリは13歳に戻り、ゼンは神獣《しんじゅう》であるフェンリルへと変化を遂《と》げた。それに加えてリュオンは、ハンターであるイオリが持っていた銃を魔道具《まどうぐ》に変えて、その他の便利な魔道具と共に授けた。

そんなふうにして、神によっていわば規格外にされた2人が降り立ったのは、アースガイル王国にある、人が寄り付かない危険地帯〝明けない魔の森〟であった。

その明けない魔の森で、危険をものともせずに、2人が幸せな生活を送っていたある日。

近隣にあるポーレットの街から冒険者ヴァルトの一行が訪れる。

ヴァルト一行は、規格外な少年イオリに驚きながらも彼を気に入り、友情を育《はぐく》んだ。そうして再会を約束して、惜しまれつつも去っていくのであった。

それから5年後。

両親を失った双子の狼獣人《おおかみじゅうじん》――兄のスコルと妹のパティと出会い、行動を共にするようになったイオリとゼンは、ヴァルト達と会うためについに明けない魔の森を離れ、ポーレットの街を目指すことにした。

そして、あっという間にポーレットに到着したイオリ達。

ひとまず生計を立てるために、冒険者として生きていくことを決意した彼らが冒険者ギルドにたどり着くと、そこではヴァルトが待ち構えていた。

何と彼はこの街を治める公爵家《こうしゃくけ》の次男だったのだ。


ポーレットの街で生活をする中で、その規格外さが露呈《ろてい》していくイオリ。

そして、イオリの知識に興味を持ったヴァルトから、兄のニコライを紹介されることになり、ついには、現公爵である、ヴァルトの父親と会って欲しいと頼まれてしまう。

そうして謁見の日が訪れた。公爵家を訪れたイオリ達を、現公爵であるテオルド——テオは快《こころよ》く受け入れてくれた。

もちろん、テオはイオリが持つ目新しい知識に興味を示した。

そのように和《なご》やかな雰囲気だったのも束の間、イオリがリュオンからもらった銃を紹介したところ、その性能の高さから、ニコライの従者《じゅうしゃ》フランに危険視されてしまう。

イオリが疑われることを許せないゼンが怒りを爆発させたことでその場は大きく荒れたが、テオの謝罪によってその場は収まったのであった。

第1章　これから　～ポーレット～

1

ゼン達を落ち着かせたイオリは、話を戻した。

「それで、砂糖の話はどこまでお父様に話したんですか？」

「一連の流れを話した」

ニコライがそう言ってテオに顔を向けると、テオは頷《うなず》く。

「驚いた。ビートは確かに甘いが、ビートから砂糖が出来るなんてな。〝畑人《はたけびと》〟の助けになるし、その収益で我々の負担も軽くなる」

ニコライは、本来奴隷《どれい》に身を落とすはずだった者達のことも、守るべき領民として考えていた。

畑人とは、奴隷廃止を謳《うた》うポーレット公爵家によって、公爵家の領内にある畑での仕事を与えられた者達のことだ。

奴隷になるのを免《まぬが》れた彼らは、畑人として街の食を支えるという重要な役割を担《にな》っているのである。

ヴァルトが立ち上がって窓の外を指差す。

「それだけではありません。イオリは、作物が生《な》らなくなった不浄《ふじょう》の土地を復活出来るかもしれないと」

「何⁉」

大人達の視線に居心地が悪くなったイオリは、はにかんで答えた。

「出来るかもと言っただけです」

「魔法を使っても作物を実らせられなくなった土地を蘇《よみがえ》らせる力が、あなたにはあるのですか？」

ヴァルトの従者であるトゥーレの質問に、イオリは首を横に振る。

「俺自身が出来るのではなく、方法を提示するだけです。そもそも魔法に頼り過ぎてませんか？」

「「「魔法に頼り過ぎている？」」」

首を傾《かし》げる面々にイオリは言う。

「魔法は便利で、生活向上に利用するなら非常に効果的です。でも、自然に関することに使うとイマイチなんです」

「自然に関することとは？」

疑問を投げかけるテオにイオリは答える。

「自然界では、土に種が落ち、芽が出て、雨と太陽の恵みを得て実が生ります。放置していても魔の森の草木は青々としているでしょう？　自然とは本来そういうものなんです。そもそも、俺の育った所には魔法がありませんでした。だから人は知恵を磨《みが》いたんです。どうすれば大きな実をつけるのか、どうすれば美味《おい》しく食べられるのか、どうすれば枯れた畑を戻すことが出来るのか……」

みんな真剣に聞いている。

「先人達は、自然の力を借りるという答えを出しました。毎年毎年、同じ畑で作ると大地が疲弊《ひへい》する。だったら、たっぷりの栄養を与えて休ませればいい。栄養とは、腐葉土《ふようど》などのことです。森では葉や実が落ち、腐食《ふしょく》し、栄養となり、木々の生育を助けます。この真似をすればいいんです。ただ、畑は作物を作り続けることで自然の活力を失ってしまいます。だから、自然と同じ状況になるように人が手伝いをすればいいんです」

「腐葉土は……魔の森から持ってくるのか？」

ニコライが聞くとイオリは頷いた。

「当面はそれで良いと思います」

「魔法を使わないで畑を作る、か。考えたこともないな」

「魔法は素晴らしいと思います。初めて体験した時、こんなに便利なものがあるのかと感動すらしました。とはいえ、使いどころなのではないでしょうか。俺の知らないことを皆さんが知っていて、皆さんの知らないことを俺が知っている。2つを合わせれば、もっと素敵なことになるなぁって思ったんですよね」

…………。

「……ぷ。わはははは。そうか！　そうだな。知ることは大切なことだ」

沈黙の後、テオが笑い出した。

ヴァルトとニコライはニヤニヤし、トゥーレと、彼と同じくヴァルトの従者であるマルクルは微笑《ほほえ》んでいる。

「にしても、確かに貴族様が騒ぎそうな話ですね」

それまで黙っていたニコライの従者エドガーはそう言うと、話題を砂糖の話に戻して話し始めた。

「安価に手に入る砂糖は、流通し始めたらすぐに広まるでしょう。貴族の特権だと思っていた甘味《かんみ》料《りょう》が単価の安いビートから作れ、一般人も手に入れられるとなると混乱が起きますね……」

するとニコライはイオリに微笑む。

「だから、公爵家が砂糖を扱い、コストを除いた全てを社会奉仕に使えとイオリは言っている。そして、商業ギルドに砂糖を使ったレシピを何品か売ると。物ではなく使用方法を売る。そうすれば、あとは商業ギルドが勝手に考えるだろうと」

「ほう……」

続いてヴァルトが力説する。

「それだけじゃない！　イオリは牛の乳《ちち》の加工方法も教えてくれた。牛乳屋の一家にも教えて、現在は試作中だそうだ。そこで私は、その家族も巻き込んだ商会を作れたらと考えている。イオリの代理の者を代表として商業ギルドに登録し、ある程度流通を管理する。そうすればイオリは表舞台に立たなくてもいいだろう？」

「そんなことが出来るんですか？」

イオリがそう尋ねて首を傾げると、今度はトゥーレが答える。

「出来ますね。規則上は何の問題もありません」

イオリは納得した。

「その案なら、良い代理人を見つけることが重要になりますね」

「だから、アーベルを呼びませんか？」

ヴァルトは、テオの顔色を窺《うかが》いながら提案する。

「アーベルか……」

「アーベルさんなら……」

うんうんと頷き合う大人達。

「アーベルさんとは？」

イオリの言葉にエドガーが答える。

「グラトニー商会という王国一の商会がありましてね。アーベルさんは、そのグラトニー商会の34代目の会頭《かいとう》でした。今は一線から退《しりぞ》かれていますが、未だに影響力は強く、王国中にネットワークをお持ちです」

「それだけではない。富は民に返すべきという考え方を持つ人物で、貴族の頼みでも悪事には手を貸さず、むしろ叩《たた》きのめす傑物《けつぶつ》だ。イオリ君と話が合うのではないかな？」

テオの従者ノアはそう言うとイオリに視線を向けた。

(面白そうな人だ。話を聞く限りでは……)

イオリはアーベルに興味を持った。

「お会いしてみたいですね。あと、ふと思い出したんですが、牛乳屋のご家族にも話をしないといけませんね。牧場を見に行くと約束してるんです」

イオリの言葉に、ニコライが言う。

「私も同行しよう。公爵家からの説明も必要になるほど、乳にも価値があるのだろう?」

「はい!」

イオリは満面の笑みを浮かべた。

「そうだろうな。乳の価値を知っている双子がにやけておる」

テオが笑いながら指摘したように、スコルとパティはニヤニヤしている。

「道筋《みちすじ》は見えたな。アーベルには私が手紙を書こう。魅力的な商材があるとそれとなく匂《にお》わせれば食いつくだろう。ククク」

テオの言葉にニコライが頷く。

「私はまず、魔の森から腐葉土を持ってこようと思います。ビートを育てるのにも必要ですから」

それぞれがこれからのことを話す中、イオリが再び爆弾を落とす。

「あの、魔の森のことでお話が……」

「……？　何だ？」

ヴァルトが首を傾げる。

「まだ、仮の話なんですけどね。一応、言っておこうかと」

慎重に言葉を選ぶように言うイオリに対して、テオが話の続きを促《うなが》す。

「何でも言ってくれ。イオリの話は面白い」

「では。以前、ヴァルトさんがポーレットの街の構造を説明してくれた時、魔の森で魔獣《まじゅう》が暴走する話をしてくれました」

「あぁ、スタンピードのことだな」

「スタンピード……というんですね。以前、俺が住んでいた所でも似たようなことが起きていました。普段は山で暮らしていた動物達が、気候変動による雨不足などの理由で山で飢《う》え、人里に下りてきて畑を荒らしたんです。魔の森でも同じことが起こっているのではないかと」

……………。

驚いて声も出ない大人達を置いてイオリは続ける。

「木の実や植物が主食の生物を食べる魔獣がいて、さらにその魔獣を食べる大型の魔獣がいる。それが食物連鎖です。魔の森の恵みにありつけなかった生き物が森を出て食べ物を探せば、それを追って魔獣が出てきます。当然、それを追う魔獣もいる。そんな魔獣達が今度目にするのは、人という捕食《ほしょく》対象です。結果、魔獣達が街を目指して暴走する……もちろん、これは推論です。確証がない。それに、たとえ正解だとしても自然の流れは変えられない。でも、原因が分かれば対処方法は考えられます」

「……そんなことが、そんなことがあるのか？」

テオは震《ふる》えながらそう口にすると、ゆっくりと立ち上がった。

「俺の村の先人達はそう考えていました。とはいえ、魔の森に人間が手を加えていいはずはない。そこが悩みどころですね。俺は5年間、魔の森で暮らしていました。木の実が豊富な年もあれば、全く採《と》れない年もありましたよ。なぁ？」

イオリが声をかけるとゼンは頷いた。

『その年は暑かったね。魔獣達も忙《せわ》しなかった』

テオの従魔であるカーバンクルのデニが言う。

『それが続くとスタンピードになると……イオリは凄《すご》いですね。アースガイルが建国される以前から研究者達が悩んでいたことに、1つの答えを出してしまいました』

「確証はありませんよ？　それに俺が凄いんじゃなくて、先人が凄いんです！　俺はじーちゃ……祖父に教わっただけですから！」

「それでも、知識を伝える者がいなくては意味がない。私はイオリと出会えたことに感謝する！」

ヴァルトはそう言って、従魔であるカーバンクルのクロムスを抱き上げた。

照れるイオリと戯《たわむ》れるゼンやヴァルト達。

テオはそれを見て、目を細めて微笑んだ。

「見事なことよ。ノア、これで領地の心配事が1つなくなったろう？」

「あぁ、イオリ君はまさに神の使いだな」

ニコライは自分の従者に自慢げに話す。

「どうだ！　イオリは面白いだろう？」

「はい。今日の時間は有意義でした」

「……私はフェンリルに嫌われた」

「あとでもう一度謝ればいい」

ゼンに嫌われたと口にするフランは、他の従者に慰《なぐさ》められている。

テオがイオリに尋ねる。

「時に、イオリはポーレットの街に住んでくれていると聞いたが？」

「はい。旅は続けますが、拠点としてポーレットの街にお世話になりたいと思っています」

「それは嬉しい限りだが、家は見つかっているのか？　こちらで用意してもいいぞ？」

「ありがとうございます。それを悩んでるんですよね。家は持ってる……というか、魔法のテントがあります。一番落ち着くんで、土地だけあればと思ったんですけど、ポーレットの街に空いてる土地なんてないし……街の外で暮らそうとも考えたんですけど……」

するとテオは、両手を広げて提案した。

「なら、この屋敷の裏に住めばいい。魔法のテントとやらを張る場所などいくらでもある。家賃などはいらん。その代わり、イオリの知恵を借りたい」

「それはいい！　いつでも会えるな！」

ヴァルトはクロムスと喜んでいる。

「え？　いいんですか？　俺、火を焚《た》きますよ？　石窯《いしがま》だって作るし、これから馬車だって作ります。ご迷惑では？」

「いい！　許す！　イオリは面白いからな！」

テオが大声で言う。

ノアは主人のテンションに苦笑し、ニコライ達も笑っている。

「あとで案内する！　裏手に木が沢山《たくさん》植えられてる所があるんだ。職人を呼ぼう。石窯とやらを作らせる！」

興奮したヴァルトが畳みかけるように言うと、イオリは慌てて話す。

「場所だけお借り出来れば良いんです。あとは自分達で手を加えるので」

「作らせなくて良いのか？　大変じゃないか？」

そこでイオリは満面の笑みで言った。

「だって、用意された物だけを使うんじゃつまらないじゃないですか！　自分で手を加えるから楽しいんです！」

「おぉぉ。そうか……」

イオリの勢いに気圧《けお》されたヴァルトに、ゼンが近づき囁《ささや》いた。

『こんな顔をする時のイオリは良い物を作るよ』

「美味しい料理を作ってくれた時と一緒だな。ふふふ」

ヴァルトはゼンを撫《な》でる。その手を伝《つた》い、クロムスがゼンに抱きついた。

２匹が戯れるのを、母親カーバンクルのルチアが微笑んで見ていた。

イオリの後ろにいた双子は、いつの間にかテオの隣に移動して、その裾《すそ》を引っ張っている。

「ヴァルトのパパ。ボク達もお庭に住んで良いの？」

スコルが尋ねると、テオはスコルを抱き上げて答えた。

「あぁ、君達はイオリの家族だろう？　家族は一緒にいるものだ。私達もイオリの家族になれたら嬉しい」

続けてテオはパティの頭を撫でた。

「「ありがとう。ヴァルトのパパ‼」」

双子のお礼を聞き、テオは嬉しそうな顔をした。

「そうか。敬称もなく、ヴァルトのパパと言われたのは初めてだ。何せ私は公爵であり領主だからな。だがな、双子よ、私はテオだ。テオと呼べ」

「「うん。テオ！　ありがとう！」」

双子が公爵のテオを呼び捨てにすると、その従者のノアはイオリを見た。

イオリは気まずそうに苦笑する。

「悪気はなくて、むしろ慕《した》っている人は呼び捨てなんです。礼儀のようなことは後々教えますので今は許してください」

頬《ほお》を掻《か》いて困った顔をするイオリを見て、ノアは噴き出して笑っていた。

テオは部屋にいる面々を見渡して言った。

「本日より、イオリをポーレット公爵家の専属冒険者として迎える！　準備もあるので2日後にまた会おう」

こうしてイオリは、ポーレット領主との初めての会見を終えたのだった。

2

イオリ達が公爵邸を出ると、ヴァルトとトゥーレ、そしてマルクルに、今後住むことになるという裏庭へと案内された。

裏庭にある大きな広場の奥に木々が生《は》えている。だが、広場自体には何もなく、土の地面が広がっているだけだった。

イオリの顔を見るとヴァルトは頷いた。

「ああ、殺風景だろ。ここは花がすぐ枯れるから、庭師は簡単な整備しか出来ないと嘆《なげ》いているよ。まあ、だからこそ俺達家族はここで訓練することもあるんだけどな」

「へー。枯れるって畑と同じ問題ですかね？　硬い土ですもんね」

「そうだ。おーい。ボー!!」

イオリが土を触《さわ》るのを見つつ、ヴァルトは人を呼んだ。

するとホウキを持った大柄《おおがら》な男性が近寄ってきた。

「はい。坊《ぼっ》ちゃん。お友達ですかい？」

「あ、いや。坊ちゃんって呼ぶのはやめろって言ってるのに」

「オイにとっては、ヴァルト坊ちゃんは坊ちゃんです」

坊ちゃん扱いされるヴァルトを見て、双子が肩を震わせて笑いを堪《こら》えている。

それに気づいて顔を赤くしたヴァルトは、そうそうに紹介を始めた。

「彼は庭師のボーだ。ボー、こちらは今回、公爵家専属の冒険者になったイオリだ。父上の許可を得て庭に住むことになった。よろしく頼む」

「お庭にですかい……？　承知いたしました。庭の管理をしております、ボーです。お見知りおきを」

「はじめまして。イオリです。こっちは、従魔のゼンに双子のスコルとパティです。こちらこそよろしくお願いします。俺達、魔法のテントを持ってまして、設置させていただきたいんです。焚き火などもしますので、ボーさんの邪魔《じゃま》にならない場所はありますか？」

うんうんと頷いたあと、ボーは微笑んだ。

「なるほど、魔法のテント！　また珍しい物をお持ちで。はいはい、焚き火もするのでしたら薪《まき》や枝が必要になりましょう？　集めるのに良い場所があります。ご案内しましょう」


イオリはボーの後ろを歩きながら、先ほど気になったことを尋ねる。

「ボーさん。このお庭は植物が育ちにくいとか？」

「えーえー。そうなんですよ。初めは色々試したりしたんですがね。諦めちまって、今はたまに様子を見て回ってますわ。公爵様はお優しくて、好きにさせてくださってます。まったく、庭師失格ですよ」

「例えばなんですが、ここの土、全てを解決しようとするのではなく、一部を変えてみては？」

「どういうことです？」

「俺は庭の専門家ではないんで判断はボーさんに任せますけど、花壇《かだん》とかどうですか？」

ボーはイオリの提案に首を傾げる。

「何ですかい？　花壇て」

イオリは街の至る所でレンガが使われているのを見ていた。ただ、家に使われていたり、塀《へい》に使われていたりはしたが、それ以外で使用されてはいなかった。

「レンガで囲いを作り、中に土を入れます。そこに花の種やらを植えれば、きっと花が咲きます」

「地面に直接ではなくてですかい？」

「囲いの中だけで良質な土を作るんです。庭全体だとボーさんが大変そうですから」

ヴァルトが話を聞いて近づいてくる。

「ボー。今な、イオリに不作の畑を蘇らせることを考えてもらっているんだ。ついでに庭にも手を加えたら良いんじゃないか？」

「そんなことが？　へー、オイにはよく分かりませんが、庭の手入れが出来るならこんなに嬉しいことはないですよ。ハハハ」

イオリはヴァルトを見て、さらに提案する。

「これは一案なんですが、その花壇の一部をハーブ園にするというのはどうですか？」

「……あれか！　お茶の？」

ヴァルトの言葉にイオリはニッコリとして親指を立てた。

「そうです。砂糖が広まれば、きっとお菓子も広まります。そうなれば、お菓子に合う飲み物も需要が増えるかと……公爵家が率先して栽培したらどうですか？」

「なるほどな……!!　イオリの頭の中はどうなってるんだ？」

興奮するヴァルトにイオリは笑って言う。

「いや、だから教えてもらったんですって。俺の頭じゃ考えられないですよ。役に立てれば嬉しいです。それと、俺が飴《あめ》にハーブやポーションを混ぜたいと言ったのを覚えてますか？　あれ、やりたいんですよね。ボーさんがハーブを育ててくれたら助かります」

「それは良いですね」

いつの間にかスコルを抱っこしていたトゥーレが賛成する。

「何だか分からんが、イオリが言うなら面白いんじゃないか？」

パティを抱っこしていたマルクルも賛成した。

「面白いか……イオリ！　〝面白い〟は大切だよな？」

ヴァルトはそう言うと、イオリと顔を合わせてニヤリと笑い合う。

「はい。俺はそう思います」

「ボー、やってくれるか？」

ヴァルトに問われたボーはニコニコしながら頷いた。

「坊ちゃん達のお役に立つならやりましょう。イオリさん、まず必要なのはレンガですかい？」

「そうですね。置き方を考えなくてはいけませんね。花壇の形は丸とか四角とかも良いですけど、組み合わせて花の形にしたりも出来ます。本来は植え合わせが悪い植物も、レンガで分ければ隣に植えられますし……どうです？」

「なんと！　そんなことが出来るんで？　これは是非《ぜひ》とも奥様にご相談した方が良いかと思い

ます」

「ヴァルトさんのお母様ですか？」

　イオリの問いにヴァルトは答える。

「あぁ、母上は花や植物が好きなんだ。カモミールのお茶、あれを教えたら気に入ったようで時折飲んでいるぞ」

　イオリは腕を組んで頷く。

「それなら、お母様にご相談した方が良いですね。お菓子やお茶は女性が詳しいはずです。花壇作りに協力していただけないか聞いてもらえますか？」

　ヴァルトは頷く。

「母上にはイオリのことを話してあるんだ。言えば聞いてくれる。あとで紹介しよう」

「お土産《みやげ》にお菓子を用意した方が良いですね。時間をください。今日は住む場所を紹介していただいたら、一度帰ります。宿を引き払わないといけませんし、宿屋のダンさん達にお礼も言いたい。この庭にはテオさんが言っていた2日後からお世話になります。お母様にもその際にご挨拶《あいさつ》させてください」

「そうか、分かった。そう伝えよう」

　その後、イオリ達は引き続きボーに案内されて歩いていく。

「イオリさん、ここです。どうです？」

木々を抜けた先に、楕円形《だえんけい》の空間があった。日の光が十分に差し込んでいて、周囲の木の並びもほど良い間隔なため圧迫感がない。

「ここは？」

「一応、庭の材料置きに使っていたんですがね。なんせ庭仕事は雑務だけですから、このエリアは放置していたんですわ」

「いいんでしょうか？　これから使うかもしれませんよ？」

「場所は他にもありますので使ってください。花壇のことは、イオリさんに教えてもらわないといけませんし、遠慮は無用ですよ」

イオリはボーの言葉を聞きながら辺りを見渡す。

街の中とは思えないほどに澄《す》んだ空気を感じる。

「ここでいいか？　イオリ」

「申し分ないです。よろしくお願いします!!」

ヴァルトに頭を下げて答えると、早速双子が興味を示した。

「「ここに住むの？」」

「そうだよ。ここを俺達の家にしよう」

「「わーい!!」」

走り回る双子を見ながら、イオリはゼンに話しかける。

「良いよね？　ゼン」

『うん。気持ちのいい風が吹く、いい場所だよ。賛成‼』

そう言うとゼンは、クロムスを連れて、走り回る双子に交ざりに行ったのだった。

△　△　△

「公爵様の屋敷の庭に住む⁉」

イオリ達は宿に帰り、宿の主人夫婦であるダンとローズを部屋に呼んで、これからのことを話した。

驚くローズに続いてダンが言う。

「正式に公爵家専属の冒険者になれたのは良かったが、屋敷の庭に住むとはな……」

「はい。なのであと2泊《はく》だけお世話になります」

「寂《さび》しくなるわ。双子ちゃんにも会えなくなるのね」

「「……？　会いに来るよ？」」

キョトンと双子は首を傾げる。

「そうだね。俺達にとってダンさんは頼りがいのある親父さんだからね。もちろんローズさんも大切に思ってます。また、髪を切ってもらいに来て良いですか？」

「あぁ！　いつでも来い！　お前らにとってここはポーレットの実家だからな」

「ふふふ。いつでもいらっしゃい」

ローズは微笑みながら双子を抱きしめた。

「ありがとうございます。あの、明日キッチンを借りて良いですか？　お2人にお礼がしたいのと、公爵家の奥様にお土産を作りたいんです」

「まぁ、何かしら？」

「ああ、好きに使え。楽しみにしてる」


領主に会い、住処《すみか》を決めるという心が落ち着かなかった1日を終え、宿屋の部屋に戻ってきたイオリと双子とゼンは部屋で寛《くつろ》いでいた。

イオリが引越しについて考えているとスコルが尋ねてきた。

「あのさ、あのさ。イオリは砂糖とか花壇とか馬車とかお家のこととか、忙しいでしょ？」

「そうだな。何だかやることが沢山あるな」

すると双子が真剣な顔をしてイオリの前に立った。

「その間さ、パティと依頼をこなしてきていい？」

スコルの言葉にイオリは驚いた。

「2人で？　確かに2人は強いけど、でも……」

『ボクも行く！　イオリは街にいれば安全でしょ？　依頼の時はボクが双子を守るよ』

ゼンが双子にすり寄る。

「うーん。分かった。でも、受ける依頼は俺が決める。もちろん、一緒に行くこともあるよ。生活が落ち着くまではそうしようか」

「『わーい』」

イオリは喜ぶ3人に言った。

「他の人に迷惑をかけてはいけないよ？　引越しが終わってから始めよう。とにかく明日はダンさん達へのお礼とお菓子作りね」

「『はーい！　目標、Bランク！』」

そうして、双子は嬉しそうに眠りについた。


翌日、朝からイオリは忙しく動いていた。

朝の食堂のピーク時間を避けて朝食を食べると、キッチンを借りた。

まずは、公爵夫人へのお土産であるスイーツを作り始める。

料理に興味があるスコルは、イオリがやること全てを目をキラキラさせて見ている。時には手伝いをして、終始ニコニコとしていた。

パティとゼンも出来上がりを想像してワクワクしている。

3人にはイオリの料理が魔法に見えるのだ。

午前中を使いスイーツを作り終えると、お腹が減ったと皆で休憩をとる。それから屋台エリアに行き、空腹を満たした。

宿に戻るとダンを呼ぶ。

「何だ？ どうかしたか？」

「ダンさん達へのお礼にレシピを教えようと思って」

「レシピ？ どんなだ？」

「お酒に合う鶏肉《とりにく》料理です。これは、屋台で買ってきた普通の鶏もも肉です。それと、胡椒《こしょう》とニンニクと塩です」

イオリはテーブルに材料を置いていく。

「とりあえず、これが材料ですね。これらをすり潰《つぶ》して、肉を漬け込んで、焼けば良いんです」

話を聞いていたダンは慌てて止めた。

「ちょちょちょっと待て！ 胡椒って、魔獣除《よ》けとか罠《わな》に使われるあれか？」

「はい。俺の故郷では立派な調味料ですよ？ この街の料理は美味しいけど塩味だけですよね？ だから、胡椒は流行《はや》ると思うんですよ」

ダンは眉間《みけん》にシワを寄せている。

「……マジかよ。唐辛子《とうがらし》じゃダメなのか？　胡椒を食うって」

「ピリッとして、お酒に合うと思いますよ？　まぁ、やってみましょう。時間はかかるけど工程は楽なんで」

続いて、材料を見ていたダンが困惑しながら指を差す。

「鶏皮なんかどうするんだ？」

「それなんですよ！　皆さん捨てるんですよね？　お店で格安で売ってもらいました。もちろん食べますよ！」

「皮を？　ブヨブヨして気持ち悪い！」

我慢が出来ずにダンは叫んだ。

イオリは笑いを堪えながら作業を始める。

「まぁまぁ、まずは胡椒を潰します。一般的な石のすり鉢《ばち》でいいと思いますよ。俺は、これで」

そう言うと、イオリは変わった形のすり鉢を出した。

「何だこれ？　拾ったのか？」

「はい。森で暮らしてた時に。気に入ってます」

イオリは胡椒を潰していく。

「そこにニンニクを入れて潰します。大胆《だいたん》にやっていきましょう」

すり鉢の中でニンニクも潰していく。

「お前、本当に料理してるんだよな？　胡椒にニンニクって、レッドバットの好物じゃないか！」

戸惑いを隠せないダンは声を荒《あら》らげる。

その横でスコルはジッとイオリの行動を見ていた。

「レッドバット？　あの赤いコウモリの？　ダンさんはニンニク嫌いですか？」

「俺か？　食ったことない……」

イオリはもも肉に塩と胡椒、ニンニクを揉《も》み込んだ。そして、蓋《ふた》代わりの葉っぱを被せて肉を休ませる。

「これで、2時間待ちます。1日置いてもいいですよ」

「「そんなに⁉」」

驚くスコルとダンの声をよそに手を洗うイオリ。

「その間に、鶏皮から油を出しますね」

少量の油と鶏皮を鍋《なべ》に入れ、火をつけて炒《いた》めていく。徐々に出てきた油――鶏油《チーユ》で、鶏皮がカリカリに揚《あ》げられていく。

「欲しいのは油なので、この皮は取り除き……塩をかけて。これもつまみにいいです」

鍋から皿に移し、ダンに差し出す。ダンは恐る恐る手を伸ばし、カリカリになった鶏皮を食べる。

「美味《うま》い！」

「でしょー？　これにお酒が合いませんか？」

「合う！　これには酒だ！」

ダンはすかさずエールをコップに入れて飲み出した。

「ゼンと双子も食べてごらん」

３人は競《きそ》うように皿まで走ると、鶏皮を食べ始めた。

「『カリカリ！　美味しい！　もっとちょうだい！』」

酒を手にしたダンと鶏皮を取り合っている。

「いや、鶏皮がこんなに美味いなんて知らなかった！　まだ時間あるよな？　今からもっと買ってくる！」

飛び出していったダンを見送りながらスコルは笑った。

「ダンさん。楽しそうだね」

「次のはスコルがやってみる？　油は跳ねると火傷《やけど》するから気をつけるんだよ」

「うん！」

しばらくして、汗をかきながら、両腕いっぱいに鶏皮を持ったダンが帰ってきた。

スコルがイオリの指示で皮を揚げ出すと、パティはニコニコ顔でその姿を見て嬉しそうにしていた。

大量の油とカリカリになった鶏皮を作ると、ダンは満足そうにローズを呼んで食べさせた。

「何これ？　美味しい！　鶏皮だなんて思えないわ……」

「だろ？　なぁイオリこれ、店に出していいか？」

「はい。そのために教えてるんで、そうしてください。その代わり……このレシピの商業ギルドへの登録は、俺ではなくヴァルトさんと相談してください。面倒なのは嫌なんで」

「お前……公爵家をお使いに使うなよ……まぁ、一度、ヴァルト様に相談しよう」

「ふふふ。それがいいです」


それから2時間後。

イオリは鍋に鶏油《チーユ》を入れ、寝かしておいた鶏肉を焼いていく。最後にサッと醤油《しょうゆ》の実を搾《しぼ》ると、ニンニクと醤油の香《こう》ばしい匂いがした。

幼い頃に、テレビで見て食べたがったイオリのために、祖母《そぼ》が再現したレシピだった。

「さぁ、どうぞ召し上がれ！」

それぞれの前に出すと、みんな待ちきれないとばかりにかぶりついた。

「「「『美味い！』」」」

顔を綻《ほころ》ばせて食べる双子。尻尾《しっぽ》を振って喜びを表すゼン。そして、大きな口で頬張《ほおば》るダンと微笑んで食べるローズ。

ダンは最後まで食べると満足したように息を吐《つ》いた。

「こんなに美味い料理、食ったことがない。時間のある時に仕込みをして、客がいる時は鶏皮を揚げながら、もも肉を焼き上げれば良いんだな。ありがとな、良い物を教えてもらった」

「こちらこそ、今までありがとうございました。初めて街に来て、頼れる人があまりいなかったので心強かったです。ダンさん達に出会えて良かった」

ダンは照れたのか話を切り上げた。

「さっ！　いつでも会えるんだ。湿《しめ》っぽいのはやめよう。夜メシの準備だ！　客が帰ってくる」

イオリはいつの間にか双子がウトウトしてるのを見て、部屋に戻り寝かしつけた。

そして双子をローズに任せ、日が暮れたポーレットの街をゼンと歩いた。

△　△　△

イオリとゼンがやってきたのは教会だった。神父のエドバルドが迎えてくれる。

「こんばんは、イオリさんにゼンさん。明日、正式に公爵家の専属になられるとお聞きしました。おめでとうございます」

「ありがとうございます。エドバルドさんにはこれからもお世話になります。今日はリュオン様に報告に来ました」

エドバルドは微笑んで案内した。

「どうぞ、ごゆっくり」

ゼンと共に祭壇《さいだん》に行き、祈りを捧《ささ》げた。

いた。

イオリが顔を上げると、そこは教会ではない場所で、目の前にニコニコとしたリュオンが座って
「随分《ずいぶん》と忙しくなりそうですね」

「こんばんはリュオン様。はい。何だか色々なことがありそうです。今日はご報告に来ました」

「ちゃんと見ていましたよ。ポーレットは私も気に入っている街です。相沢さんが気に入ってくれて嬉しいです。公爵家の面々の人となりも気に入っています。話は変わりますが、相沢さん……これからは人の闇《やみ》に巻き込まれることもあります。十分に気をつけて」

急なリュオンの不穏な言葉に、イオリは考え込んだ。

「人の闇……」

リュオンはイオリをそのままにして、ゼンの方に顔を向ける。

「ゼン。公爵家では相沢さんを守って、偉かったですね」

『イオリを守るの！』

ゼンはリュオンに褒《ほ》められて嬉しそうだ。

リュオンはそんなゼンの頭を撫でながら言った。

「相沢さんの銃を危険視した彼は、純粋に主人達を心配したのでしょう。誤解が解けたのなら許し

てやりなさい。そしてこれからは、より一層、悪意を持った人間に注意してください」

リュオンにそう言われると、ゼンは素直に頷いた。

『はーい。分かったよ』

最後にリュオンはイオリとゼンを愛《いと》おしげに見つめた。

「2人の新たな家族も歓迎しましょう。これから増える家族のため、テントを使いやすくしました。この世界を自由に楽しんで……」


いつの間にかイオリ達は、元の教会に戻っていた。

「これから増える家族？」

イオリが首を傾げると、ゼンは嬉しそうにすり寄ってきた。

『いつだろ？　家族が増えるのって？』

その後、イオリ達はエドバルドに挨拶をして、教会を出た。

完全に夜になったポーレットの街はまだまだ賑《にぎ》わっている。

「良い街だね。住んでる人が楽しそうだ」

『うん。ボクはイオリがいるならどこでも良いけど、ヴァルトといるイオリは楽しそうだから、好きだよ。ポーレット』

イオリはクシャクシャとゼンを撫でた。

2人は宿へ向かって街を歩く。

「3週間くらい時間をちょうだい。家を整えるのと砂糖のこと、ハーブ園のこと、全部どうにかする。そうしたら、また一緒に依頼を受けるよ。それまでは双子を頼む」

『うん。任せて相棒。ボクが家族を守るよ』

そんなゼンの頭をもう一度撫でてイオリは微笑んだ。

「任せた、相棒。みんなで家族を守るんだ」


宿に戻ると、食堂で酒を楽しむ大人達を避けて部屋に戻った。

部屋の中では、ローズが双子に寄り添ってくれていた。

「ありがとうございます」

「一度も起きなかったわ」

「ここが安心出来る所と認識してるんですね」

「あら、嬉しい。本当に寂しくなるわ。絶対に顔を見せてよ？」

「はい。俺は少し忙しくなりそうですけど、双子とゼンは顔を見せると思います。よろしくお願いします」

ローズにおやすみと挨拶をして、寝る準備を済ませると、イオリとゼンもベッドに入った。

第2章　新生活　～ポーレット～

3

翌朝、イオリはいつもと同じように軽く運動をして、双子を起こした。

双子はニッコリ笑うとイオリとゼンに抱きつき、挨拶をする。

身支度《みじたく》を終えて食堂に下り、ダンとローズに挨拶をしながら朝食を食べた。

準備はとっくに出来ている。それぞれ、持ち物を腰バッグに詰め込めばいいだけだ。イオリが装備している腰バッグは魔道具であり、見た目以上に物が入るのだ。

そろそろ行こうかなと思っていると、トゥーレとマルクルがやってきた。

「お迎えに来ましたよ」

「あれ？　来てくれたんですか？」

トゥーレは微笑んで答えた。

「ええ。主《あるじ》のお願いです。それでは、ダンさん。お預かりしますね」

「あぁ、頼みますトゥーレさん。イオリ！　双子、ゼン！　またな。行ってこい！」

ダンがニカッと笑った。

イオリも笑って手を上げた。

「お世話になりました。行ってきます！」

「「またね。バイバイ」」

「バウ！」

イオリ達はトゥーレ達に連れられて宿を出た。

「行っちまったな」

「でも、双子ちゃん、またねって」

「ああ、また来るさ」

宿屋の主人夫婦は微笑みながら、イオリ達が出ていった扉を見ていた。


「今日も馬車に乗っていただきます。どうぞ」

トゥーレがイオリ達を馬車の元へ案内する。

「「馬車ーー！」」

喜ぶ双子を見て、マルクルが振り返ってイオリに聞く。

「馬車が好きなのか？」

イオリは苦笑した。

「はい。旅のために、自分達の馬車が欲しいんですよ。改造もしたくて、今は材料集めしてます」

「高いのが欲しいわけじゃないのか？」

「ある程度の丈夫さは欲しいですけど、貴族様のような派手さはいらないです」

「それなら紹介出来る店がある。荷馬車とか旅用の馬車とかを扱ってる店の中でも、良心的な値段だ。今度行くか？」

イオリは思わず手を挙げて言った。

「行きます！　お願いします！　相場が分からなくて、一度見たいと思ってたんです」

「じゃあ、近々行こう」

役に立ったと喜ぶマルクルに、トゥーレは呆《あき》れた目を向けた。

「そろそろ、出発しますよ？　テオルド様がお待ちです」

馬車が動き出すと体が揺れる。

イオリは頭の中で馬車の改造する場所をイメージする。

酔《よ》いそうになるのを我慢するイオリをよそに、双子とゼンは嬉しそうに馬車のことをトゥーレ達と話しているのだった。


「着きました」

トゥーレの言葉と同時に馬車が止まり、扉が開かれた。

先日訪問した時とは異なり、使用人や兵士がズラリと並んでいた。

「えっ……この中を歩くんですか？　嫌なんですけど」

「これからイオリは屋敷を出入りします。不審者ではないと使用人達にも教えないといけません。通常はお披露目《ひろめ》の夜会《やかい》なども行われますが、今回は省きます。まぁ、儀式だと思ってください」

イオリの言葉にトゥーレが答える。

「えーーー。……分かりましたよ。はぁ……」

夜会などとんでもないという様子のイオリ。

初めにトゥーレとマルクルが馬車から降りて、次にゼンと双子が飛び出した。

最後にイオリが出ると、並んでいる使用人達が一斉に頭を下げた。

「……えーっと。公爵家の皆さーん。冒険者をしてます、イオリと申します。こっちは、従魔のゼンと双子のスコルとパティです。今日からお世話になります。よろしくお願いします」

結局、無視が出来ないイオリであった。

使用人達は笑顔で迎えてくれた。

その中から、公爵家執事《しつじ》のクリストフが前に出てくる。

「イオリ様。ゼン様。スコル様。パティ様。公爵家使用人一同、喜んでお迎えいたします。必要なことがございましたら、何でもご相談ください」

クリストフが頭を下げると、みんなが一様に頭を下げた。

「あぁー！　そういうの慣れてないんで、せめて様呼びだけでもやめてください！」

クリストフはクスッと微笑んで頷いた。

「承知いたしました。旦那様方がお待ちです。ここからは私がご案内しましょう」

△　△　△

連れてこられたのは前回の部屋とは違う、華《はな》やかな部屋だった。クリストフの説明では、公爵が大事な客と会う時用の部屋とのことだ。

部屋にいたのは、前回と同様のメンバーと、屈強な体格の男性——冒険者ギルドのマスターであるコジモだ。

「イオリ。待っていた。さぁ、こちらへ」

テオの言葉にイオリは一度頭を下げて、彼らに近づいた。

中央にテオ、左右にニコライとヴァルトが立ち、それぞれの従魔も並んでいる。

その左側にノア、エドガー、フランが立っている。

右側にはギルドマスター——通称ギルマスとトゥーレ、マルクルが並んだ。

キョロキョロする双子にマルクルが手招《てまね》きした。

「スコルとパティはこっちにおいで」

イオリが双子に頷くと双子はタタタと走り、マルクルの隣に立った。

「これより、冒険者イオリを公爵家専属とする契約を結ぶ」

ノアの言葉でテオが前に出た。

厳《おごそ》かな雰囲気に慣れないイオリは、モジモジしてゼンにくっつく。

「イオリ。君との出会いを神リュオンに感謝する。公爵家はポーレットの発展とイオリの安全を約束する」

テオが右の掌《てのひら》を差し出して言った。

「では。ノア」

テオはノアから指輪を受け取ると、イオリの左の親指にはめた。

「この指輪の石と模様《もよう》は我がポーレット家の証《あかし》だ。これを持つ者は、我々が信頼する人物であると認められる。何かあった時に役に立つ。持っていてくれ」

イオリは指輪をまじまじと見る。中央には角度次第で赤色にも青色にも見える石がはめ込まれ、左右には幾何学《きかがく》的で説明がしづらい模様が彫られていた。

顔を上げるとイオリはテオに伝えた。

「ありがとうございます。指輪に見合う行動を心掛けます」

テオはその言葉に深く頷き、微笑んだ。

「ギルマスも確認したな。これよりイオリは公爵家の庇護下《ひごか》にある。よろしく頼むぞ」

ギルマスは胸に手を当てた。

「確認しました。おめでとうイオリ。さらなる活躍を期待している」

イオリは無言で頭を下げた。

「さぁ！　堅苦しいのは終わりだ。我々の家族になったイオリを祝おう！」

テオの言葉で部屋は和やかな雰囲気に包まれた。


部屋にいた面々は、揃《そろ》って晩餐会《ばんさんかい》が行われる広間に移動した。

広間には、昼間にもかかわらずシャンデリアが灯《とも》り、中央の大きなテーブルには沢山の料理が並べられていた。

そこで待っていたのは公爵夫人のオルガだった。

「さぁさぁさぁ。まずは乾杯《かんぱい》しましょう。皆さんにグラスを！」

オルガの言葉で、早速乾杯が行われて晩餐会が始まった。

「母上！　イオリを紹介します。５年前にクロムスを助けてくれた、イオリとゼンです。そして、イオリの家族の双子のスコルとパティ。イオリ！　母のオルガだ」

ヴァルトの紹介でイオリはオルガに挨拶をした。

するとオルガが言う。

「まぁまぁまぁ！　はじめましてイオリさん。ゼンさん。スコルさん。パティさん。ようこそ、ポーレット公爵家へ。歓迎します！」

にこやかに笑うオルガは、ヴァルトと同じ、華やかな金髪に整った顔立ちをしていた。

「はじめまして公爵夫人。恥ずかしながら礼儀というものを知りません。お許しを。お会い出来て光栄です。これからお世話になります」

オルガは、申し訳なさそうにするイオリに、首を横に振る。

「いいえ。立派に挨拶出来ていますわ。公爵夫人として敬《うやま》う必要はありません。どうか、友人の母だと思って、仲良くしてくださいね」

イオリは微笑んでゼンと双子を呼んだ。

「ありがとうございます。さぁ、ゼンも双子もご挨拶だ」

ゼンがオルガの前に座った。

『はじめまして、イオリの従魔のゼンだよ。オルガ、よろしくね。仲良くしてね』

続いて、双子は手を上げて挨拶をする。

「スコル！」

「パティ！」

「ヴァルトのママ。よろしくお願いします」

挨拶を受け、オルガはゼンと双子を抱きしめる。

「まぁまぁまぁ！　なんて可愛らしいの！　皆さんよろしくね。仲良くしましょう」

双子はおおらかなオルガに安心したのか、しっかりと懐《なつ》いている。

「流石《さすが》、母上だな。人見知りの双子がもう甘えてる」

グラスを持ったヴァルトがそう言うと、イオリは申し訳なさそうな顔をする。

「すみません。追々、敬語を教えます」

しかし、ヴァルトは笑って言う。

「双子も学んでいるのではないか？　私が初めて会った時の２人はもっと酷《ひど》かった。今回は、母上に『お願いします』と言えてたぞ？」

「あぁー」

ヴァルトの指摘に、イオリは一応納得するのだった。


テーブルに載った料理は、塩味の焼き物と煮込みばかりでパンも硬かった。

これらも美味しいのだが、イオリが来たことで、これからの公爵家の食卓は変わっていくだろう。

ある程度の時間が経った頃、イオリはオルガに話しかけた。

「オルガ夫人？」

「はい？　どうしました、イオリさん。沢山召し上がっていますか？」

「ありがとうございます。沢山頂きました。あの……ヴァルトさんから花壇のお話はお聞きになっていますか？」

オルガは顔を綻ばせて答えた。

「えぇぇえぇ。あの素敵なお話ね！　是非、協力させてちょうだい！」

イオリはほっとした顔をする。

「ありがとうございます！　花壇にはオルガ夫人の好きな花も植えますが、ハーブも植えたいと考えています。カモミールのお茶をお飲みになるとか？」

オルガは手を叩いて微笑んだ。

「そうなの！　紅茶より軽く飲めて気に入っています。時々、頼んで採取してきてもらうのよ？」

イオリは頷き、話を続けた。

「カモミールなどの口に出来る野草《やそう》も植えたいんです。消臭や料理にも使えます。その他には、飴に混ぜ込んでみて、体の癒《い》やしに効果があるのか実験したいんです」

イオリの話を聞き、真剣な表情になったオルガは侍女《じじょ》を呼んだ。

「えぇえ。ヴァルトから聞きました。試してみましょう。お好きになさって。ボーの他にも手を貸せる人材がいます。この者は侍女頭《がしら》のモーナで、カモミールのお茶にも興味を持っています。紅茶などのお茶に関して、うちの侍女は詳しいのよ？　助けになるわ」

オルガの言葉を聞き、イオリは嬉しそうな表情を浮かべる。

「ありがとうございます！　モーナさんよろしくお願いします！」

オルガとモーナは微笑んで頷いた。

さらにイオリは話す。

「これから甘いお菓子が増えていくはずです。その場合、お茶も活躍すると思うんです。流行を作るには、きっと女性の力が必要です」

オルガは片目をつぶり笑った。

「よくお分かりね。今でも、貴族のお茶会には甘味として芳醇《ほうじゅん》な蜜《みつ》が求められます。社交の場は商売の良い機会ですし、イオリさんのお菓子は蜜に代わる強い武器になるわ！」

イオリは静かに頷くと、周囲の男性陣にも聞こえるように話し始めた。

「砂糖を利用したおやつを数点ご紹介しようと思います」

手始めに、以前教会でニコライ達に振る舞ったクッキーを出した。

「前回は一番シンプルな物を出しましたが、今日は色々試してみました」

ナッツ入りの物やドライフルーツを刻んだ物を取り出す。形もハートや花の物を作って持ってきている。

大人だけでなく、双子とゼン、カーバンクル親子が食べている間に、モーナに手伝ってもらいながらカモミールティーを淹《い》れた。

「まぁまぁまぁ、なんて美味しいの！」

初めてクッキーを口にしたオルガとテオが驚いている。

「口の中でホロホロと崩れるな。また、お茶との相性もいい」

イオリはさらに、プリン、飴、ナッツのキャラメリゼなどを次々と出していった。

「これには、イオリの作った砂糖が使われているのだな？」

テオの質問にイオリは頷き、答えた。

「それだけではありません。お菓子……甘いお菓子をスイーツと呼びますが、スイーツの多くは小麦粉と牛の乳が必要なんです！　だから、酪農家は大切な存在なんですよ」

それにヴァルトが同意して言う。

「スイーツだけじゃない。イオリは料理にも乳を利用している。いつものミルクスープではなく、もっと濃厚でまろやかだった。牧場で働く牛乳屋の家族は、公爵家で保護するべきだ！」

テオは頷き、苦笑した。

「分かった、分かった」

「では……今日は最後にこれを」

イオリは黄色くてフワフワした物を出した。

スイーツへの興味が尽きないオルガは、身を乗り出して尋ねる。

「それは？」

「スポンジケーキと言います。これにも乳と小麦と砂糖が使われています。クリストフさん。皆さんに切り分けていただけますか」

イオリがお願いすると、クリストフはサッとイオリの横に来て切り分ける。クリストフは、スポンジケーキのあまりの柔《やわ》らかさに驚いていたが、公爵家筆頭執事なだけあって、無駄な言葉を発することなく切り分けていく。

「そして、見ていただきたいのはこれです」

イオリは鍋を2つ出し、ゼンに頼んでその1つに魔法で氷を作ってもらった。そして、もう1つの鍋を上に重ねて牛の乳と砂糖を入れた。

「これは通常の乳ではなくもっと濃厚な乳です。俺は生クリームと呼んでいます。牛乳屋の親父さんの話では、数頭からしか採れない希少な物らしいです。もちろんそのままでも飲めますし、料理にも使えますが、今日はこうやって使ってみようと思います」

この世界では生クリームは牛から直接採れるのである。

イオリは突然、細く切った木を束《たば》ねた茶筅《ちゃせん》のような物を腰バッグから出した。

「本当はもっと違う形にしたかったんですけど、間に合わなくて……今日はこのような物を用意しました。砂糖を加えて、これで混ぜていきます。要は空気を含ませればいいんです」

イオリはカシャカシャと混ぜていく。

生クリームはみるみるうちに増えていき、角《つの》の立ったホイップクリームになっていった。

「魔法か？」

ヴァルトの言葉にイオリは首を横に振る。

「いいえ。誰がやってもこうなります。これをスポンジケーキに添えますね。まずはスポンジケーキだけを食べてください。次にホイップクリームをつけて試してみてください。あとはフルーツも用意したのでお好みでどうぞ」

クリストフに手伝ってもらい配り終える。

我慢出来ない双子がパクついた。

「んんー。スポンジケーキ美味しいの!!」

それに続くように大人達が口にする。

「なんと柔らかい……これが魔法も使わずに出来るとはな」

「魔法でも出来るかどうか……生クリームをつけて食べてみましょう」

「まぁまぁまぁ！　なんて滑《なめ》らかな舌触《したざわ》り！　先ほどのプリンとはまた違って泡のようにすぐに消えてしまうわ……でも、味は余韻《よいん》を残すようにマッタリとしていて……」

口数が少なくなっていく大人達を差し置き、双子とゼンがお代わりを申し出た。

置いていかれまいと、クロムスも必死に口に詰めていく。

双子がクリストフからお皿に分けてもらっている間、大人達はこれまで見向きもされなかった牛の乳の可能性を考え直し始めていた。

ニコライが笑いながらイオリの肩を叩く。

「この間のは序《じょ》の口《くち》だったのだな。はははは。これは早めに牛乳屋の一家に会いに行こう。下手したら人気になって人が押し寄せるかもしれない。警備兵も必要だ」

エドガーも同意した。

「甘い物を摂取するとしても、蜜だけを舐《な》めるのは苦手でしたが、これは素晴らしいです。これらの価値が知れ渡れば、厄介な人間が現れるでしょう」

他の面々も眉間にシワを寄せる。同じようなことを考えているらしい。

ギルマスが提案する。

「とりあえず、魔獣からの警備ってことで治安維持隊を派遣したらどうです？　冒険者じゃ都合が悪い。中には口が軽い者がいますからね」

テオは腕を組んで頷いた。

「確かにな……ちなみにイオリ、先日のグラトニー商会のアーベルの話は覚えているか？」

「はい。大商会の元会頭ですね」

「うむ。あのあと魔法で手紙を送ったところ、すぐに向かうと連絡してきた。やはり嗅覚は鈍《にぶ》っておらん。奴にはイオリのことをまだ話してはおらんのだ。『遊びに来ないか』としか伝えていないが、それはなぜだか分かるか？」

イオリは頷き、こめかみをトントンとした。

「儲《もう》け話があるだろうと察しているアーベルさんを、あちらから味方になるようにさせたいのですね？」

「流石だ！　その通り！　アイツは商人だからな。この慈善事業にどっぷり絡ませるには、アイツから手伝いたいと言わせなければならない。そのためには度肝《どぎも》を抜く必要がある」

イオリの答えに満足したテオは笑顔になった。

「お菓子が力になりますかね？　やってみましょう。俺が自由に動くためにアーベルさんが必要なら、精一杯頑張ります」

そう言うイオリに、その場にいた大人達は苦笑した。

オルガが引き留めたこともあり、イオリ達はこの日、公爵家の客室を借りて泊《と》まることになった。

慣れない豪華な部屋にイオリは恐縮していたが、双子は1日を振り返りながら忙しくお喋《しゃべ》りをしている。

オルガは終始ご機嫌《きげん》で、最後の方は双子をスコルちゃん、パティちゃんと呼び、双子もなぜか夫人のことをオルガちゃんと呼んでいた。

それに気づいたイオリは、近くにいた侍女頭のモーナになんとも言えない顔を向けたが、彼女が微笑んで頷いてくれたので了承されたものとした。

話し疲れた双子が舟を漕《こ》ぎ出したためイオリがベッドに運ぶと、2人はすぐにグッスリと眠りについたのだった。

4

翌朝、オルガの勧めで、イオリ達は朝食を頂いた。硬めのパンとスープと肉付きのサラダに紅茶が付いていた。

屋敷内で顔を合わせる使用人達は、にこやかに挨拶をしてくれる。

朝食を終えると、いよいよイオリ達は裏庭に向かった。木々の中に入ると先日よりも綺麗《きれい》に整えられている。

イオリは比較的奥寄りの場所にテントを設置し始めた。双子はイオリを手伝い、ゼンは周囲の調査を始めた。

5分もしないうちに小さなテントが出来上がる。

昨日の『テントを使いやすくした』というリュオンの言葉を思い出して、イオリはドキドキしながらテントの入り口を開く。

中に入ると、広大な空間になっていた。入り口のすぐ側《そば》には靴《くつ》を脱げる玄関があって、靴箱が設置されている。

玄関を進むと左手に扉が2つあり、開けてみるとお風呂とトイレだった。

そして、右手には地下に続く螺旋《らせん》階段が存在する。

「お風呂がある……トイレは作ろうと思ってたからありがたいなぁ」

1階から地下を覗《のぞ》けば、シンクが長さを増して壁に沿って設置されているのが見えた。

また、地下にある、ちゃぶ台が置かれたリビングは丸いダウンフロアになっていて、クッションが沢山散らばっていた。驚くほど立派で、広さも増したリビングだ。

イオリが螺旋階段を下りていくと、ちょうど上からは見えないエリアにベッドがあった。

ベッドは以前のダブルベッドではなく、もっと広い物に変わっていた。キングサイズよりも広い、スーパーワイドなサイズだ。

「これなら双子とゼンも一緒に眠ることが出来るな」

部屋は全体的に茶色と白がベースで、クッションなどが色とりどりな、アジアンテイストになっている。

「「すごーい！　ここに住むの？」」

イオリから遅れて入ってきた双子が、階段の上から顔を出して大喜びする。

『使いやすくするって言ってたね』

ゼンはスンスンと匂いを嗅《か》いで、嬉しそうに走り回っている。

「地下がある！　お風呂とトイレが増えて、その他も大きくなってるよ!?　リュオン様……」

戸惑うイオリとは対照的に、ゼンと双子は探検をして喜びの声を上げていた。

一通りチェックすると、イオリはやることがあると1人外に出た。

「テントはもう立てたんですかい？」

イオリが外に出ると、そう話しかけてきたボーが何かを手にして立っていた。

「ボーさん！　おはようございます。今日からお世話になります」

「えーえー。こちらこそ。これなんですけどね。公爵様から引越し祝いに預かりましたよ」

持っていた物を差し出した。

「蛇口《じゃぐち》ですか？」

「そうですよ。差せばどこでも水が出る魔道具です。設置は楽なんですがね、取り外すにはチト面倒なんですよ。それでも便利だと人気な物です。どこに設置しましょう？」

イオリは顔を綻ばせた。

「それは便利な物をありがとうございます。蛇口はここに設置したいです。あとでテオさんにもお礼を言わないと。そういえば、ここを片付けてくれたのはボーさんですよね？　助かりました」

ボーはお礼を言われ嬉しそうにしつつ、イオリの指定する場所に蛇口を設置した。

「やっぱり水が飛びますね……石で囲もうかな。ボーさん。レンガってどこで手に入りますか？　石窯とかも作りたいんですよ」

「それなら、向こうに沢山ありますから使ってください。公爵様から、イオリさんの生活を優先するように言われてるんで、オイも手伝いましょう」

ボーはイオリを連れて倉庫に向かった。倉庫はイオリ達がいた場所から少しの所にあった。

中にはホウキはもちろん、スコップやクワをはじめとしたガーデニング道具や、金槌《かなづち》やノコギリなどの工具、レンガや木などの建材まであった。

「この中はオイが管理を任されてます。使いたい物がある時は声をかけてくれれば、何でもお渡しします」

そう言うとボーはレンガのある場所に足を運んだ。

「いくつでもどうぞ」

イオリはキョロキョロしながらボーの側に行くと、目をキラキラさせた。

「素敵な場所ですね！　俺、こういう場所、大好きです」

ボーは嬉しそうに笑った。

「確かにイオリさんは好きそうだ。オイはガーデニングが専門だけど、何でもお手伝いさせていただくんで、声をかけてくださいや」

イオリは大量のレンガを腰バッグに入れて運ぶという力業《ちからわざ》を見せて、ボーを驚かせた。

他にも色々と見繕《みつくろ》って、テントのある場所へと戻った。

それからしばらく経った。

お腹を空かせた双子とゼンがテントから出てくると、目の前でイオリとボーがレンガと格闘していた。

「これなーに？」

しゃがみ込んで作業をするイオリに、パティがのしかかって聞く。

「ぐぉ！　パティ……これはグリル。料理に使うんだ。向こう側が水場で、あとで石窯も作るよ。ゼン！　まだ、乾《かわ》いてないから触るなよ」

イオリは、今にもセメントを触りそうなゼンに注意する。

双子は両手を後ろにして、グリルを覗くように見ていた。

『イオリー。お腹減ったぁ』

ゼンの言葉でイオリは我に返る。

「もう？　シチューとパンケーキでいい？　ボーさんも一緒に食べましょう」

イオリは双子に頼んで地面に布を敷《し》いてもらい、手を洗った。それからカモミールのお茶を淹れてボーに渡し、双子とゼンには果実水を渡す。コンロでパンケーキを焼くと、蜜をかけて渡していく。そして、シチューを温めた。

ボーはカモミールティーを口にすると目を細めた。

「これがハーブってやつですかい？」

「そうですね。基本的には野草なんですよ。だから無料《タダ》なわけです」

ボーは微笑みながらシチューをバクバクと食べ始めた。パンケーキを頬張る双子とゼンが、その様子を嬉しそうに見ていた。

昼食を食べ終えると、イオリはボーと作業に戻っていった。

その後ろ姿を、双子とゼンはニヤニヤしながら見つめていた。

『あの様子のイオリは……』

「『良い物を作る！』」

「『あはははははは』」

公爵家の裏庭にある木々の中で、子ども達の笑い声が響いていた。

△　△　△

公爵家の裏庭に一風変わった家族が居《きょ》を構えた朝。

テントの中のイオリはお弁当作りをしていた。

小麦粉を水で溶かした生地《きじ》を薄《うす》く伸ばして焼き、葉野菜と味をつけた肉をその生地で巻いていった。そして大量に作った物を、どんどんと木箱に詰めていく。

その隣にある木箱にはクッキーを詰めた。

双子とゼンは起きてきて箱の中を見ると、喜びの声を上げながら急いで支度を始めた。

今日から、双子とゼンだけで依頼をこなしていくのだ。

朝食を食べて、イオリ達はテントを出た。そのまま歩いて、公爵家の門番に挨拶をしてから外に出る。

外にある畑エリアにはすでに働いている人がいて、顔を綻ばせて会釈《えしゃく》してきた。

貴族街を抜け店舗エリアに入ったが、まだまだ街は眠っている。

噴水のある広場に着くと流石に人は増え、冒険者ギルドの方に人が移動していく。

イオリ達も流れに乗って冒険者ギルドに入る。

依頼ボードの前は人で溢《あふ》れていた。

「うわぁ。凄い人だな……よし！　依頼を探すか」

イオリ達の目標は、馬車の改造に必要な魔獣の素材を集めることである。

この日の依頼はレッドボアを選んだ。レッドボアは大きな赤い牛であり、撥水性《はっすいせい》のある皮が採れる。

イオリはスコルを肩車しながら、１枚の依頼書を指差した。

「スコル。レッドボア２体が討伐《とうばつ》目標のやつだ。あの、左側にあるのが分かるか？」

スコルは小さい声で分かると言った。

そのままスコルはイオリからスルスルと下りると、パティと一緒に大人達の間を抜けてレッドボアの紙に飛びついた。

「あぁ！　取られた！　誰だ！　レッドボアのを取った奴。俺らが狙《ねら》ってたんだぞ‼」

怒る男の声を背に、双子は受付に走っていった。

「おはようございます。あら？　今日は2人だけなの？」

馴染《なじ》みの受付嬢であるラーラの挨拶に、双子は首を横に振る。

「「ゼンちゃんも一緒！　今日は3人で依頼を受けるの‼」」

2人の後ろからイオリとゼンが顔を出すと、ラーラは笑顔で挨拶した。

「おはようございます。今日は双子ちゃんと従魔さんだけでの仕事だとか？」

「おはようございます、ラーラさん。はい。昨日、引越しをして、今家を整えてるところなんです。双子がランクアップを望んでいるんで、双子とゼンで出来る依頼をこなしに来ました」

ラーラは頷いた。

「了解しました。では受付を開始します。レッドボア2体ですね？　……はい、完了です。お気をつけて行ってきてください」

イオリはラーラにお礼を言った。

「ありがとうラーラさん」

「「バイバイ。行ってきます」」

イオリ達は冒険者ギルドをあとにした。

街の外に出るための城門に着くと、イオリは双子とゼンの前で膝《ひざ》をついて話を始めた。

『さぁ、ここからは俺は行かない。3人だけで行くんだよ。レッドボアは日当たりが良い楓《かえで》の木の側が好きだよ。昔戦ったデーモンフォーンに比べると横移動にも強いから、ただスピードを上げれば良いだけじゃないよ。それとスコル、3人分のお弁当だよ。腰バッグに入れて。パティはクッキーと水筒《すいとう》を持っていきな。3人で仲良く食べるんだよ。ゼン、2人を頼んだよ」

『任せて、相棒！』

ゼンが返事をすると双子もニコニコ頷いた。

イオリは3人とおでこをつけながら話す。

「ダメなら、失敗でもいいんだ。持ち帰ってきて欲しいのは、素材じゃなくて、無事な状態の3人だよ。分かった？」

双子とゼンは、今度は真剣な顔で頷いた。

イオリはゼンの背に双子を乗せて言う。

「俺は家で待ってる。さぁ、行っといで！　楽しんで！」

そしてゼンのお尻を叩いた。

「「行ってきまーす！」」

「バウ！」

3人は魔の森に向かって走っていった。

門の向こうから、治安維持隊のポルトスが首を傾げながら歩いてきた。

「あれ？　今日はイオリ君は行かないの？」

「はい。ゼンに双子を任せました。夕方には帰ってくると思うんで、よろしくお願いします」

３人の背が見えなくなると、イオリもまた走って公爵家へ戻っていった。

△　△　△

「イオリ、心配してたね」

スコルの声にパティは頷いた。

「うん」

「絶対に怪我《けが》しないで帰ろう」

「うん」

２人の会話を聞き、ゼンが言った。

『でも、イオリは楽しんでって。とりあえず、お弁当の時間まで頑張ろう！』

「「うん!!」」

その後、魔の森からは、子どもがキャッキャと楽しそうにはしゃぐ声が聞こえた。

危険で人が寄り付かないはずの魔の森にもかかわらず……。

△　△　△

イオリが家に帰ると、ボーが作業の続きをしてくれていた。

「ボーさん。おはようございます！　すみません、お待たせしてしまって」

ボーは人のよさそうな顔に笑みを浮かべて、立ち上がった。

「いいえー。オイが楽しくなっちまって先に始めてしまいました。双子さんは無事行きましたかい？」

「はい。楽しそうに行きました。怪我をしないで、笑顔で帰ってきてくれたら嬉しいです。水場のレンガは固まりました？」

2人で水場に近づき、蛇口の下に作った円形の水受けを確認した。

ボーが言う。

「綺麗に出来てますすね。桶《おけ》をレンガで囲むなんてオイは思いもつかなかった。高さも良いですね。双子さん達も使えます。隣にレンガで物置き台を作るんですかい？」

ボーに尋ねられ、出来上がりをチェックしていたイオリは頷いた。

「はい。鍋とか皿とか洗ったあとに置いたり、野菜洗ったりするのに便利かなと……」

ボーが笑いながら、これを作るのは自分にやらせてくれと言った。

そこでイオリは水回りをボーに任せ、石窯作りに取りかかった。そうしてレンガで土台を組み立てていく。

石窯を作りながら、イオリは転移前のことを思い出していた。

テレビに映る石窯で焼かれていたピザを羨ましげに見つめるイオリ。

祖父母は何も言わずにその姿を見ていた。

こんな田舎《いなか》ではピザを食べることは出来ない。そう諦めていたイオリが、ある日学校から帰宅すると、祖父がレンガを軽トラから降ろしている姿を目にした。

「俺、手伝え」

それだけ言って、何を作るのかを教えてくれない祖父。イオリが何も聞かずに作業を手伝うと、夕方に出来上がったのは石窯だった。

祖父からは、乾くのを待つため週末まで使えないと言われたが、イオリは毎日楽しみに石窯を覗いていた。

週末になり、初めて火入れをすると石窯は見事に機能した。

祖母がトマトソースと生地を作り、イオリが庭でバジルを摘《つ》んだ。さらに、祖父が知り合いからチーズをもらってくる。３人が集めてきた材料で作ったピザを石窯で焼いた。

あまりの美味しさに飛び跳ねて喜ぶイオリを祖父母は微笑んで見ていた。

イオリは、この時初めて食べたピザの味を忘れることはなかった。

「イオリさん？　大丈夫ですか？」

ボーの声でイオリは我に返った。

「大丈夫です。昔を思い出していました。……石窯作りは祖父に習ったんです」

イオリがそう口にすると、ボーは微笑んで近づいてくる。

「そうですかそうですか。物知りなおじいさんだ」

「子どもの頃は何となく手伝ってましたけど、こうなると実感します。じーちゃんの生き方を学んで良かったって」

それからイオリはしんみりした雰囲気を変えようと、木枠を掴《つか》んで言う。

「これ、昨日作っておいたんです。細い木を紐《ひも》でくくって、半円球に組んだ物です。これを型にしてレンガを組みます」

「へー。手伝いましょう。これに沿ってレンガを置いていけば良いんですかい？　木枠はどうやって取るんです？」

「レンガが完璧に乾いたら、木枠ごと燃やしちゃえば良いんです。そうしたら中に空間が出来ます」

イオリの説明にボーは感心した。

「ほぇー。よくまぁ、考えられていますねー。やってみましょう」

1時間ほど、2人はあーでもないこーでもないと言いながらレンガを積み上げ、石窯を作り続けた。

この日の午前中に2人は、水場、グリル、石窯からなる〝焚き火場〟を作り上げたのだった。


「ふー。一通り終わりました。ありがとうございます！　ボーさん、お昼食べましょう」

イオリは空いている所に布を敷き、ボーに座るように勧めた。

「オイも良いんですかい？　ありがとうございます」

「グリルとかが使えるようになればもっと食べ物をお出し出来るんですけど。今日は双子に持たせたラップサラダです」

イオリはそう言うと、箱に詰めたラップサラダと冷たい水をボーに差し出した。

ボーは水を飲むと一息《ひといき》吐いた。

「はぁー。これは何ですかい？　冷たくて爽《さわ》やかな香りがします」

「レモングラスとミントを水出ししておきました。疲れた体にいいでしょう？」

イオリがニコニコと笑って言うと、ボーは驚いたように口にする。

「これも野草ですかい？　花壇でこれを……ガーデニングは愛でる花だけを育てるのかと思っていました」

「野草はあくまでも野草です。自然に咲くのが本当は良いのだと思います。だから人に力を貸してくれる野草達を大切にして欲しいんです。拠点の作業はあとは自分で何とかなります。そろそろ花壇の準備に入りましょう」

ボーは深く頷いた。

「やってみましょう。奥様からの要望も聞いてあります。オイは花のことならちっとは役立つけど、花壇なんてのは初めてです。イオリさんの力を貸してください」


午後から2人は花壇の構想を練り始めた。

イオリの提案に当初は困惑していたボーも、今では楽しそうに話を聞いている。イオリにとっても、言えば構造を理解してくれるボーとの会話は面白かった。

しばらくして2人の案がまとまると、2人はオルガに面会を求めた。

「まぁまぁまぁ、イオリさん。ボーと一緒に花壇のお話ですって？」

オルガの執務室に案内された2人は、オルガに簡単な設計図を見せた。

「あくまでメモ程度ですが、まとめてきました。お許しが出れば明日にでも始めます」

イオリがそう言うと、オルガは大喜びで手を叩いた。

「最初から全てをあなた達に任せています。どうぞお好きにおやりなさい。花壇が出来上がってからが私の仕事です」

オルガの部屋を出る時、イオリは侍女頭モーナに声をかけ、助力を求めた。

そうして3人で裏庭までやってくると、イオリとボーは、モーナにも分かりやすいように身振り手振りを交えて花壇の構想を説明した。

モーナもボーと同じく初めは困惑していたが、最後にはイオリの考えに賛同した。

「奥様は、本来小さなお花が好きです。しかし、公爵家とあれば派手なお花も求められます」

オルガと公爵家をよく知るモーナの話を参考にして、イオリとボーは花壇内の花の配置などを決めていく。

「でしたら、奥様の目に入りやすい所には小さな花を、奥側には大きく派手な花を植えましょう。大きな花は奥でも目立ちますよね？　それはボーさんに任せます」

イオリが答えると、ボーも考えがまとまってきたのかブツブツと言いながら歩き回っていた。

「モーナさん。オルガ夫人は花の匂いなどはお好きでしょうか？」

イオリが聞くと、モーナは少し考え込んでから答えた。

「そうですね。奥様はジャスミンの花の匂いがお好きです。とはいえ、今までお屋敷は花に恵まれませんでした。そのこともあってか、ジャスミンを乾燥させた匂《にお》い袋《ぶくろ》を大切になさっています。思い出の匂いとか……」

「ジャスミンですか……ジャスミンもお茶になりますよ。絶対に用意しましょう」

イオリの言葉に、いつも冷静なモーナが顔を綻ばせる。

「本当ですか⁉　是非ともお願いします」

こうして３人はオルガには内緒でその計画を進めることにした。

なお、花の手配はボーが引き受けてくれた。

ハーブの入手はイオリがしなければいけない。イオリは裏庭の準備が整い次第、双子と魔の森に入ることに決めた。

夕方には双子が帰ってくる。夕飯の準備をするために、イオリはボー達と別れた。

△　△　△

テントに戻ってきたものの、まだグリルは使えない。そのため、イオリは腰バッグからコンロを出し地面に置いた。

「作業台と椅子《いす》、それにテーブルも用意した方がいいな……」

この日の夕飯には、鶏肉をニンニクと醤油で煮込んだ物を作った。

「お酒も欲しいな……少なくなってきたし。もっと和食が食べたい……あっ！　そういえば、街で注文していた米はまだかなぁ。米を炊《た》くには土鍋も欲しい……やっぱり土鍋かぁ。陶器だけど、瓶《びん》のお店のパウロさん、作ってくれないかなぁ。ダメ元で聞いてみよ！　ニンニク醤油の匂いで米が食いたくなる……」

コトコトと鶏肉を煮込んでいる間に、寸胴《ずんどう》を使ってスープを作り出した。

「寸胴は便利だな……一度作れば数日食べられるし、違う日に味つけをアレンジすればいいし……カレーが食べたい……」

久しぶりに1人になったからか、イオリは随分と愚痴《ぐち》っぽくなっていた。

それはさておき彼は、出来上がったスープを寸胴から鍋に分けて、味噌《みそ》を入れていくのだった。


日が沈み始めた頃、キャッキャとはしゃぐ子どもの声が聞こえてきた。

ニヤリとしたイオリは火を止めて、裏庭の木々を抜けて屋敷の方に向かう。

すると屋敷の方から、ヴァルトに肩車されているパティと、マルクルの小脇《こわき》に抱えられているスコル、クロムスと戯れているゼンが歩いてくるのが見えた。さらに、その後ろにはトゥーレがいる。

イオリは大きく手を振る。

「おかえり!!」

イオリに気づくと、双子は地面に下りて嬉しそうに走り出した。もちろんゼンも走ってくる。

「『イオリー！　ただいまー!!』」

3人の無事な笑顔を見てホッとしたイオリは、今日1日、不安な気持ちを持っていたのだということに初めて気づいた。

(どうやら、自分はもう1人では生きられないみたいだ……)

ゼンと双子が胸に飛び込んでくるのを受け止めながら、イオリはそう思いつつ満面の笑みを浮かべるのだった。

5

「イオリ。お家出来た？」

スコルはイオリの胸に顔を押しつけて尋ねた。

「まだまだ必要な物はあるけど、作りたい物は今日で出来たよ。使えるのは3日後かな。3人は怪我はない？　依頼は出来た？」

双子とゼンはバッとイオリから離れて、ニンマリとした。

「『怪我はしてないよ！』」

そう言うと、3人は揃ってクルリと回って体を見せる。

「依頼も完了したよ。お金ももらったよ。イオリが持ってて」

パティは嬉しそうに腕を出して、そう言った。

「3人の物なんだから好きに使っていいんだよ？」

イオリが答えると、双子は首を横に振り叫んだ。

「「馬車が欲しい‼」」

それを聞き、イオリは笑ってしまった。

「よし！　貯《た》めよう。今度、マルクルさんが馬車のお店連れていってくれるって」

「「本当⁉　やったー！」」

続いて、スコルが報告を始める。

「あのね、問題なくレッドボアを5匹狩ったよ。依頼で必要だった2匹は、ギルドに預けてお金に換えたよ。残りの3匹はね、ギルド職員のベルちゃんが助けてくれて、パティが解体したんだよ。お肉はね、持てるだけ持って帰ってきて、持てないのはダンさんに渡してきた」

しっかりした報告を聞き、イオリはスコルの頭を撫でた。

「お疲れ様！　3人ともよく頑張ったな。無事に帰ってきてくれて嬉しいよ。まずはパティ、パティが解体したっていう皮を見せて」

パティがモジモジしながら赤い皮を出してきた。

「おぉ！　綺麗に処理出来てるじゃないか！　解体の実践経験が少ないのに凄いよ！　これを馬車に使おうな」

頭を撫でると、パティは嬉しそうに頷いた。

「ベルちゃんに手伝ってもらったから！　お肉はこれ！　ダンさんも喜んでくれたよ」

「良かったな。ご飯は出来てるけど、この肉も焼いて食べよう」

イオリがゼンに視線を向けると、ゼンはすり寄ってきた。

「相棒おかえり。お疲れ様。2人を守ってくれてありがとう」

『ただいまイオリ。2人とも危なげなく戦ってたよ。ベルさんも綺麗な状態の獲物《えもの》だって言ってた。

イオリは今日楽しかった？』

イオリはゼンに抱きついて答える。

「うん。楽しかったよ。でも、1人で少し寂しかったよ」

それからイオリは立ち上がると、3人に言う。

「さぁ、お風呂に入っておいで。出たらご飯にしよう！」

「『はーい！』」

3人がテントに入るのを見てから振り返る。そこでは、ヴァルト、トゥーレ、マルクルがニヤニヤしていた。

「1人で寂しかったのか？　言えば俺が屋敷にいたのに」

「引越してすぐで忙しそうだったので遠慮してましたが、まさかイオリが寂しかったとは……」

「2人ともやめてやれよ。イオリが可哀想《かわいそう》だろ。やっと家族と会えたんたぞ？　嬉しさを噛《か》み締めてるところだ。邪魔するな」

イオリは顔を真っ赤にして3人を睨《にら》んだ。

「何ですか！　そーですよ！　もう！」

「「「わははははは」」」

3人の大笑いに不貞腐《ふてくさ》れたイオリは、彼らを無視してレッドボアの皮を腰バッグに入れた。

ヴァルト、トゥーレ、マルクルが言う。

「すまんすまん。いつもイオリが年下だということを忘れてしまう。あまりにしっかりしているからな」

「そうですね。不貞腐れるイオリを見て安心するのも、また確かです」

「今日の双子は、イオリを見つけた瞬間、まっしぐらだったな。安心したんだろうな」

イオリは苦笑した。

「双子なりに俺に気を使っているんだと思うんですよ。役に立とうと必死なんです。でも、俺はもっと甘えてもらいたいんです。でも、今は双子の意思を尊重して好きにさせてます。怪我をしなきゃ何でも良いんです」

イオリの言葉に3人は頷いた。

「ヴァルトさん達も食べていきますか？　俺も少し作りましたけど、双子が狩ったレッドボアを焼きますよ？」

「おぉ！　頂こう。グリルは出来たのか？」

「使えるのはまだ先なんです。出来たら声をかけますよ」

トゥーレがパンが入ったカゴを差し出す。

「差し入れです。一緒に食べましょう」

「ありがとうございます。いつかテーブルも用意します。今日は布1枚ですみません」

すると、ゼンと双子がちょうどテントから出てきた。彼らを見てマルクルが言う。

「そういえば魔法のテントはどうなってんだ？　さっきの話しぶりじゃ風呂もあるのか？」

「そうなんですよ。以前より広くなっていてびっくりしました」

「「以前より広い？」」

「しまった……」

イオリが口を滑《すべ》らせると、3人はすぐに魔法のテントに興味が移った。

「どんなだ？　見せてくれ！」

「是非ともお願いします！」

「頼む！　面白そうだ！」

そう言い、迫ってくる。

「わっ！　分かりましたよ!!　ひとまず食事の準備するんで、待っててください」

双子とヴァルト達に手伝ってもらい、食事の用意を進めてテントに持っていく。

ヴァルト達も一緒に食べることを知り、双子は大喜びだ。

テントに入ると、ヴァルト達は口を開けたまま固まってしまった。

「これは一体何なんだ？　イオリーーーー!!」

ヴァルトの声がテントに響いた。

「イオリーーー！　一体どうなってるんだ？　地下があるぞ！」

「はい」

トゥーレは入り口で靴を脱ぐと天井を見回す。

「魔法のテントは以前見たことがありますが、こんな見事な物は初めてです……」

皆から離れていたマルクルの声が聞こえてくる。

「おい！　マジで風呂とトイレがあるぞ！」

「はい」

３人の反応に苦笑いするイオリを置いて、双子は嬉しそうに階段で手招きをしている。

「「こっちだよ！」」

双子に呼ばれて、ヴァルト達は我先にとついていく。その後ろ姿を見て、イオリとゼンはため息を吐いた。

はしゃぐヴァルト達を諌《いさ》めるように、イオリがクロムスに話しかける。

「おいで、クロムス。お前は良い子だね。すぐにご飯にしよう。ヴァルトさん達は……少し放っておこう。うん」

イオリは階段を下りると、色々と観察しているヴァルト達と一生懸命に説明している双子を横目に、ちゃぶ台に料理を並べていった。

それが終わると、みんなに声をかける。

「ほら！　みんなー、食べますよ‼」

「「「「はーい」」」」

イオリは、初めてのダウンフロアに恐る恐る座るヴァルト達を笑いながら、皿を差し出した。

「今日は、鶏のニンニク醤油煮とスープです。トゥーレさんにもらったパンもあります。そして、双子とゼンが狩ったレッドボアの焼き肉です」

食べ始めると、先ほどまでのうるささが嘘のように静かになったのだった。


ある程度食べると、ヴァルトが話し始めた。

「美味いな。ニンニクというから驚いたが、相変わらずイオリの料理は美味い」

「ありがとうございます。ニンニクを食べないこと、最近知りました。ただ、口臭には気をつけてください。あとでミントあげますね」

今度はマルクルが、口に料理を含みながら尋ねる。

「外にある物はいつから使えるんだ？　また美味い物が食えるのか？」

「少なくとも3日ほどはあのままにしておきたいですね。その辺りで一度試してみます」

実は一番の大食漢《たいしょくかん》であるトゥーレは、おかわりをして未だにモグモグと口を動かしている。

今度はスコルが聞いてきた。

「次は花壇？」

「うん。ボーさんとモーナさんに相談して、大体の設計は済んでいるんだ。オルガ夫人にも許可はもらってるし、明日から動くよ。夫人に内緒の計画もあるんだー」

「ほぅ。それはなんだ？」

「実はですね……」

聞きたがるヴァルトとみんなに内緒の計画の話をすると、食卓の雰囲気はニコニコと温かくなった。

「パティも手伝う！」

「スコルも！」

双子に続き、ヴァルトも手伝うと言い出した。

「早く母上に見せてやりたい。私も手伝わせてくれ。任された仕事もあるから、時間が空き次第だがな」

「ならば、私も手伝いましょう」

「俺もやるよ。筋肉馬鹿の体力自慢がいるだろ」

トゥーレとマルクルも手伝いを申し出てくれた。

「はい。筋肉と体力は必要です」

イオリが冗談めかして言うと、マルクルが小突いてきた。

イオリは笑いながら話を続ける。

「ふふふ。でも、本当に人手が多いのはありがたいんです。助かります。あとは……1箇所だけ模様が決まらないんですよ」

「それはどこなんだ？」

イオリは簡単な設計図をヴァルトに見せた。

じっと見ていたヴァルトが突然に口を開いた。

「イオリ、頼みがある――」


ヴァルトの話を聞いたイオリはニッコリと笑って承諾した。

「それ、やりましょう。明日からよろしくお願いします！」

テントにヴァルト達を招いた翌日。

気合いの入ったボーと合流すると、イオリ達は作業を進めた。そして、僅《わず》か3日で巨大なガーデンを作り上げてしまったのだった。

△　△　△

よく晴れた日の朝。

公爵夫妻のいつもの朝食の席に、２人の息子が現れた。

「おはようございます。父上、母上」

やたらとニコニコしているニコライとヴァルトに、オルガとテオは訝《いぶか》しげな視線を向けた。

「なんだ？　今日は珍しく一緒に朝食をとるのか？」

「朝食は先ほど、軽く頂きました」

ヴァルトの言葉を聞き、オルガは益々《ますます》顔をしかめる。

「まぁ、だったら何なのです？　２人して、ニヤニヤして」

ニコライは咳払《せきばら》いをするとオルガに手を差し出した。

「イオリとボーがガーデンを作り終えました。見たところ、朝食は終わっている様子。食後の散歩にいかがですか。見に行きましょう」

テオとオルガは驚いた。

「もう？　出来たと!?」

「まさか？　だって2、3日前に作り出す報告を受けたばかりですよ？」

顔を見合わせる2人を立たせて、息子達は先導した。

てっきり庭に行くのだと思っていたテオ達は、なぜか2階に誘導されたことに困惑する。

「なぜだ？　庭に行かないのか？」

「最初は上から見て欲しいそうです。是非」

息子達の言葉に首を傾げながらも2人は階段を上がった。

上《のぼ》り切ると、窓から見える景色に息を呑《の》んだ。

「なんと……」

「まぁ……」

数日前まで何もなかった公爵家の裏庭は、様変《さまが》わりしていた。

真っ白な小屋のような物を中心に、色とりどりの花や緑の生垣《いけがき》が植えられた、赤茶のレンガで作られた見事なガーデンが広がっていた。

6

「これは……なんという……」

「美しいわ。言葉に出来ない……」

ガーデンから目を離さずにいるテオとオルガ。

「素晴らしい庭だな。ボーも仕事を楽しめそうだ」

「父上。あれをご覧ください」

ニコライが示す方に2人が視線を向けると、白い花で描かれたカーバンクルの地上絵が現れた。

「あれは……なぜ？」

困惑するテオに、廊下に現れたイオリは説明を始めた。

「テオさん、オルガ夫人、おはようございます。このカーバンクルはヴァルトさんの助言で作りました」

△　△　△

4日前、イオリのテントにて。

「ガーデンに公爵家の象徴《しょうちょう》になる何かを置くか、描くかをしたいんですよね……」

イオリの話を聞いたヴァルトは少し考えると話し始めた。

「イオリ。頼みがある。それを、公爵家の紋章《もんしょう》でもあるカーバンクルにしてくれないか？　それも白い花で」

「構いませんけど、公爵家にとって何か意味があるのですか？」

「私にはルチアとクロムスが、兄上にはデニがいるように、父上にも契約していた純白のカーバンクルがいたんだ。兄上にとってデニは友人、俺にとってルチアは姉でクロムスは弟のような存在だ。そして、父の祖父の代から契約を交わしてくれていたそのカーバンクルは、父にとって恩師のような特別な存在だった。ゆえに、父上はそのカーバンクルが亡くなってから、どんな魔獣とも契約をしていない。恩師であるカーバンクルの教えを守って、領の統治に励《はげ》んでいるんだ」

ヴァルトの話を聞いたイオリはゼンを見つめた。

今のイオリには、従魔との別れは想像もつかない。

「お寂しいのでしょうか？」

「うん。表情には出さないけどな。以前、言っていたんだ。迷うと未だに師匠に頼りたくなると」

ヴァルトの想いを知ったイオリは、ニッコリと笑って答えた。

「それ、やりましょう。明日からよろしくお願いします！」

△　△　△

イオリが経緯を説明すると、テオは目を潤《うる》ませた。

「そうか……ヴァルトがそう言ったか」

テオはヴァルトを見て微笑んだ。

ヴァルトは照れたようにみんなを外に促す。

「さぁ！　次は外に出ましょう！」

スタスタと歩くヴァルトに苦笑するテオとオルガだった。

外に出たオルガ達は香りの変化を感じた。そうしてニコライの先導で花壇の間を歩いていく。

向かった先は、屋根付きで壁のない真っ白な小屋だった。

そこにはすでに、双子、ゼン、ボー、トゥーレ、マルクル、フラン、エドガー、ノアがいて、談笑していた。

「あれは何です？」

オルガはそう尋ねるとイオリの方を振り返った。

「あれは東屋《あずまや》、ガゼボとも言います。外でゆっくりとお茶の時間を楽しんでもらうつもりで作りました。日光がほどよく入り、風も抜けるので、天気の良い日は是非利用してください」

オルガは声を上げて喜ぶ。

「まぁまぁまぁ。なんて素敵なの！」

オルガ達がガゼボに到着するとみんなが場所を開け、椅子に座るように促す。侍女頭のモーナが、紅茶とイオリが作ったクッキーを用意した。

オルガは頬を染《そ》めて辺りを見回し、近くの花を見て微笑んだ。

「ジャスミンね」

「はい。モーナさんからオルガ夫人はジャスミンがお好きだと聞いたので、選んでみました」

「素敵だわ。一番好きなのよ。父が私にプレゼントしてくれた初めての花なの。とても落ち着くわ。上から見ても素敵だったけれど、近くに来るともっと素敵ね。夢のようだわ」

オルガとテオは顔を見合わせて微笑む。

「礼を言う。イオリ、ボー、どうやって2人で作り上げたんだ？　それこそ魔法かと思ってしまう」

テオの言葉にイオリは笑いながら答える。

「これは人の力で作り上げたものです。ヴァルトさん達が手伝ってくれたおかげですよ。俺達2人だけじゃ、こんなに早く出来なかった。向こうにいる彼らも手伝ってくれたんです」

イオリが示す方向にオルガ達が顔を向けると、公爵家で働く使用人と畑で働く畑人達がニコニコと笑っていた。

△　△　△

3日前。

裏庭でボーとイオリが線を引いて設計図を書いていると、クリストフが話しかけてきた。

「お2人ともお疲れ様です。今日からガーデン作りを始めると聞きました。何かお手伝い出来ますか？」

「おはようございます、クリストフさん。ありがとうございます。助かります。そうですね……ご相談なんですけど、向こうのエリアに大きな白いカーバンクルの紋章を花で描こうと計画してまして、クリストフさんは公爵家の紋章を描けますか？　俺じゃ上手く出来なくて……」

「白い花でカーバンクルを……？」

「はい。ヴァルトさんからテオさんの契約していたカーバンクルの話を聞きまして、是非白い花でと提案されたんですよ」

イオリがそう話すと、クリストフは目を細めて微笑んだ。

「そうですか。オロフ様のことをお聞きになったんですね。旦那様は大層オロフ様を尊敬しておられます。お喜びになるでしょう。お力になれれば私も嬉しいです。お任せください」

クリストフはイオリから指示された場所に、公爵家の紋章であるカーバンクルの下絵を描いていく。

「俺にはやっぱり難しいんだよな。俺が描いたものは、どうしたってカーバンクルに見えないよ」

イオリにそう話しかけられたゼンは、声を出さずに笑っていた。

そうこうしていると今度はモーナがやってきた。

「何か手伝うことはございますか？」

モーナが尋ねると、イオリはレンガを色で選別している双子を指差して答えた。

「もう少ししたらレンガを積む作業をするんですけど、それまで双子とレンガの色分けをお願い出来ますか？　同じ赤茶の物でも、比べると違うので場所によって変えようと思ってます」

モーナは微笑んで双子の元に向かった。

作業を続けていると、1人また1人と手伝う使用人が増えていった。

ヴァルト達が汚れてもいい格好で現れた。

「何だこれ？　いつの間にこんなに人が増えたんだ？」

「なんか、みんな手伝いに来てくれたんですよ。作業が捗《はかど》って助かります」

イオリがそう言うと、クリストフがヴァルトに言う。

「みんなが楽しみにしております。早く奥様にお見せしたいと、手が空いた者達が手伝いに来ているのです。仕事があれば戻りますのでご心配なく」

ヴァルトは苦笑しながら、それでも嬉しそうに口を開いた。

「みんな、ありがとう。適度に休んでくれよ。倒れられたら父上に怒られる」

「「「「はい‼」」」」

イオリ、ボー、クリストフが描いた線に沿って、みんながレンガを積んでいく。それぞれが休憩を入れながら作業を進めた。


昼食を食べ終えた頃、クリストフに用があった畑人の男が裏庭まで彼を捜しに来た。

裏庭に集まる使用人を見て、畑人の男は尋ねる。

「一体、皆さん何をしていなさるんで？」

クリストフが畑人の男に説明した。

「旦那様とオルガ様のために庭を作っているんですよ。あそこにいらっしゃるイオリさんが、レンガを積んで花壇という枠を作る方法を教えてくださって。今それを作っている最中なんです。早く旦那様方に見ていただきたくてね」

それを聞いた畑人の男は、ちょっと待ってくれと口にすると、どこかへ走っていった。

しばらくすると男が沢山の畑人を連れて戻ってきた。中には女の人や子どももいる。

そうした光景を見たイオリとヴァルトは驚いて、クリストフと畑人達の側に行った。

近づくと畑人達が声をかけてきた。

「オレ達も手伝わせてください！」

「ありがたいですけど良いんですか？　皆さんも肉体労働で疲れているのに……」

イオリが言うと、畑人達は必死に首を横に振った。自分達が奴隷にならずにいられるのは公爵様のおかげだからと、畑人達は口にした。

アースガイル王国の奴隷は法律で守られているとはいえ、ポーレットほど恵まれている場所はどこにもない。自分達を守ってくれている公爵様には感謝している。だから、公爵様夫婦が喜ぶなら自分達にも手伝わせてくれと訴《うった》えかける畑人達。

もちろん、そう聞いて断るイオリではない。

ヴァルトは嬉しそうに言った。

「感謝する」

畑人達にやり方を教えると、人海戦術で一気に花壇が積み上がっていく。

「そろそろ、ガゼボを建てようと思います。ボーさん、花壇の方は任せます！」

「はいはいはい。こんなに人がいるんだ。オイも頑張りますよ」

イオリと男性の使用人達で、木とセメントとレンガを使いガゼボを建てていく。

その中にいたポールという使用人は、いつも屋敷の修理をしているらしく手先が器用であった。

ポールはその能力を活かして、ガゼボの梁《はり》に細かい模様を彫っていく。出来上がったのは、カーバンクルと蔦《つた》と果実の模様だった。

「いや〜。見事な彫り物ですね。凄いです。あとは、これに漆喰《しっくい》を塗《ぬ》っていってください」

以前、イオリが公爵家の屋敷の白さの理由をボーに聞いたところ、漆喰だと教えてくれた。漆喰の存在を知っていたイオリは、ガゼボを白くすることに決めたのだ。

沢山の人の手によって花壇とガゼボ、それらを結ぶ散歩道が出来上がった。

この作業に費やしたのはたった1日だった。


花壇作りの2日目、イオリ達は腐葉土を手に入れるため、朝から魔の森に行く準備をしていた。

そこに、ニコライと従者達が現れ、共に行くと言い始めた。

「昨日はヴァルトが手伝ったからな、今日は私を連れていってくれ」

そう言うニコライは、数人の畑人達を乗せた5つの荷馬車も連れてきていた。

「いつかは畑に腐葉土を撒《ま》かなければいけないんだ。信頼する者達も連れていってくれ。学ばせたいんだ」

ニコライの脇をデニがゆったりと歩いてきた。

『みんなのことは私が守ろう。イオリは気にせず動いてくれ』

イオリが了承すると、一行は魔の森に向かった。


魔の森を警戒しているニコライ達。

それに対してイオリは非常に落ち着いている。ここで生活していたイオリにしてみれば庭同然なのである。

ニコライ達は、サクサクと進むイオリに必死でついていく。

歩いていたイオリが突然立ち止まり、土を触ると頷いた。

「ここのをもらっていきましょう。全部はダメです。ある程度採ったら別の場所に移動します。森での採取のコツは、見つけた物を全部は採らないということです。残った物が、また実りをつけてくれますから」

「分かった。イオリの言う通りにしよう」

イオリの言葉にニコライが頷く。

「双子はみんなを守ってあげて。俺とゼンはハーブとかを採取してくる。ここからみんなが移動しても、鼻が利《き》くゼンがいるから追いつくよ。デニさん、あとは頼みます！」

「「はーい！」」

イオリはゼンを連れて奥に入っていった。

「全然迷いがありませんね」

「全くだ」

エドガーとニコライの会話にデニは笑った。

フランは先日イオリ達と揉めたことを気にしているのか、双子から距離をとって畑人達を手伝っている。


その後もニコライ達は警戒を怠《おこた》らずに魔の森を移動していた。そして、畑人達の働きを見て、そろそろ出ようと声をかけた。

「もう魔の森を出る？　じゃあ、パティ前ね。ボクは後ろから行くよ」

「了解！」

双子に守られながら魔の森を歩く大人達は、何とも言えない表情をしていた。

やがて無事に魔の森を抜けたニコライ達は安堵《あんど》でグッタリとしている。双子はデニに飴を分けながら笑っていた。

「双子。イオリはどこまで行ってると思う？」

ニコライの質問にスコルが答えた。

「んー。ゼンちゃんの足なら割と深くまで行けるけど、ハーブを探しながらなら、新緑《しんりょく》の川？　ってとこまで行ってると思う」

「新緑の川!?　透明度が高過ぎて、川底の藻《も》がなびき水がないように見える、あの？」

「我々の足では、半日はかかります」

ニコライとフランが驚きの声を出すと、双子はニコニコしながら言った。

「「でも、ゼンちゃんいるから」」

「「あぁ……そうか」」

何とも言えない表情で頷くニコライ達だった。

ズドォオオオオオン!!

突然地面が揺れるのと共に鳴り響いた音に、ニコライ達の顔が引きつった。

「なっ……んだ？」

双子は目を凝《こ》らすとキャッキャと喜んだ。

ニコライ達も双子が見ている方向に視線を向けると、とんでもなく大きい何かを担《かつ》いで走るイオリと、並走するゼンが目に入った。

「キマイラ……」

エドガーの呟《つぶや》きと同時に、イオリが担いでいた物を地面に置く。

「すみません。ハーブを採るのに夢中になっちゃって。遅くなりました」

「「「…………」」」

「いや、これはハーブじゃないだろ！」

ニコライのツッコミに従者2人も首を縦に振る。

イオリはアハッと笑った。

「いや、ハーブを採取してたら、コイツのテリトリーに入っちゃって、怒らせちゃったんですよね。ずっと追いかけてくるから、しょうがないなって。お待たせしてすみません。お昼までに帰れれば良いんですけど」

「「…………」」

「もう、分かった。お前を常識人だと考えてた私が悪い。好きにしろ！　怪我はないんだな？」

「はい！　大丈夫です」

ため息を吐くニコライとは対照的にデニは体を震わせて笑っていた。

そんなハプニングがありながらも、無事に腐葉土などの目標物を手にした一行は、ポーレットの公爵邸へと帰っていったのである。

午後からは、人力で土と腐葉土を混ぜてフカフカの土を作り上げ、花壇に敷《し》き詰めていった。

柔らかくなった土に畑人達は驚いた。イオリが不浄の畑にも利用しようと提案すると、彼らはまた大いに喜んだ。

花壇作りに着手してから3日目。

朝からボーの指導のもと花壇に花を植えていった。

この日はニコライとヴァルトが揃い、使用人や畑人達が活気に満ちていた。

流石のイオリも花に関しては専門外なので、ボーの言葉に従う。そうして双子と共に花を植えていく。

公爵夫妻の喜ぶ顔を想像しながらの作業は、みんなを笑顔にした。

みるみるうちに景色が華やかになり、夕方には立派な花壇が出来上がった。

イオリとボーと使用人は、やりきった気持ちでいっぱいだった。

△　△　△

そして……現在。

「というわけで、俺らだけで作ったのではなく、公爵様ご夫婦を慕う皆さんの力で出来上がったわけです。お気に召していただけましたでしょうか？」

感動して目に涙を溜《た》め、何も言わない公爵夫妻を、使用人と畑人達はニコニコと笑みを浮かべながら見つめていた。

「そうだったのか。みんなが私達のために……感謝する。この素晴らしい裏庭は私の一番の宝物にする」

テオの言葉に拍手と歓声が上がった。

その光景を見ながら、テオは側にいた息子や従者達に言った。

『どんなに綺麗な宝石よりも、強い武力よりも、貴族の権力よりも、何よりも尊い宝は人材である』。これは師匠であるオロフ様の言葉だ。『履《は》き違えるな小僧。貴族は市民に生かされているのだ。虐《しいた》げるのではなく、誠実に愛を返すことこそが統治するということだ。人材は宝だ。統治者は多くの愛を市民に返さねばならない』。これはオロフ様に一番最初に会った時に言われた言葉で、今回改めて実感した。私はみんなに生かされている」

公爵夫妻はいつまでも目の前の光景を眺めていた。

7

数ヶ月後。

今日もオルガは笑みを浮かべながら、裏庭のガゼボでお茶の時間を楽しんでいた。

目をつぶればジャスミンの香り。バラや百合《ゆり》の香りもする。遠くにはフェンリルとカーバンクルと戯れる子どもの声。

「素敵なお庭ね……ふふふ」

のちに、王都の社交界では大層噂《うわさ》になる庭である。

『どうやら、ポーレット公爵家には秘密の庭があるらしい。公爵が宝物として大事にするその庭には、選ばれたゲストしか招待されないとか……貴族達はこぞって訪問を望んでいるが、叶《かな》わないという。是非とも一度は目にしたいものだ』と。

「奥様。寒くはありませんか？」

モーナはオルガの肩にショールをかけた。

「ありがとう、モーナ。気持ちのいい風だわ。お外で紅茶が飲めるなんて幸せね。今日の紅茶はいつもと違うのね？」

モーナは微笑んでポットの中を見せた。

「イオリさんが提案してくださったのです。いつもの紅茶に少量のハーブや花などをブレンドすれば、違う香りのお茶を楽しめるのではないかと。最初からハーブだけのお茶よりもクセがなく、飲むためのハードルが下がるのではとおっしゃっていましたよ」

「まぁまぁ、色んなことを思いつくのね。それで、今日は何を加えたのかしら？」

「ラベンダーという香りの強いハーブです。ですので、加えたのはほんの少量だけ。イオリさん曰《いわ》く、好き嫌いが分かれる花だけれども、消臭効果があるそうです。ボーさんに頼んで実物をお持ちしましょう」

　遠くで花壇の手入れをしているボーにモーナが声をかけると、ボーは笑顔でラベンダーを持ってきた。ボーが口を開く。

「どうぞ。綺麗な色でしょう。香りが強いんでジャスミンとは別の場所に植えているんですが、風に乗ってくる香りは良いもんです」

　オルガは手に取ると匂いを嗅いだ。

「あらあら。本当にいい香りね。確かに私にはキツめの匂いだけれど、微《かす》かに香る分には素敵だわ。今度、玄関ホールに少し置いてみましょう。出来るかしら？」

　ボーは微笑んで頷いた。

「明日にでも担当のメイドに渡しておきましょう。嬉しいです。オイが面倒見ている花がお役に立つなんて」

「本当に、今まで裏庭に何もなかったのが嘘のようね……外に出るのが楽しくなったわ」

　微笑むオルガを見て嬉しそうな様子のボーが言う。

「イオリさんの採取してきたハーブや花の中には、まだ咲いてない物もあります。季節が変わればまた景色が変わります」

「そう。楽しみね。イオリさんと言えば、ハーブを乾燥させる小屋の話を聞きましたよ？　お茶に混ぜたり料理に加えたりと使えて、長期保存も出来るとか？」

モーナが倉庫の隣を示しながら答える。

「はい。あの場所に小さい小屋を建てます。中には生で使うより乾燥させた方が良い物があるとか。人員は選定しております。花壇作りに参加してハーブに興味を持った者達が、イオリさんの指導のもと気合いを入れて準備に入っています」

オルガは笑った。

「本当にあの子は何でも出来る妖精《ようせい》さんみたいね。もう、今日からイオリちゃんと呼びましょう。決めたわ！」

「ほどほどにしてあげてください。イオリさんの恥ずかしがる顔が目に浮かびます」

苦笑いするモーナに対して、お茶目に肩を竦《すく》めるオルガなのであった。

△　△　△

一方その頃、噂のイオリは以前ガラス瓶を買った〝パウロ＆カーラ〟のお店に来ていた。

「もう少しで手が空きますからね。お待ちになってくださいね」

今日も優しい雰囲気のマダムカーラが、椅子を勧めてくれた。

「突然、お邪魔してすみません。また出直した方が良いですか？」

「とんでもない。イオリさんが来たと言ったら主人も喜んでいました。お待ちになって。チビちゃん達はお元気？」

「はい。今は家で遊んでいます。あっ、ポーレットに住むことになったんです。ご挨拶の代わりに変わったお茶をお持ちしました。どうぞ」

紅茶にオレンジのドライフルーツを加えたブレンドティーを、以前買った瓶に入れて差し出した。

「まぁ、嬉しい。いつでも訪ねてきてくださいね。主人も喜ぶわ。これはお茶？　ありがとうございます。楽しませてもらいますね」

「何だ？　嬉しそうな声を出して」

夫のパウロが袖《そで》をまくりながら作業場から出てきた。イオリを見ると微笑んで会釈した。

「あなた、イオリさん達、ポーレットに居を構えたんですって。ご挨拶にと紅茶を頂いたわ。見て！　瓶を紅茶入れにされてるの、素敵ね」

柔和《にゅうわ》な表情を浮かべたカーラが、渡された瓶を摩《さす》っている。

パウロが口を開く。

「そうでしたか。それは嬉しい話です。これからもご贔屓《ひいき》にしてください」

「ありがとうございます。お言葉に甘えてご相談しても良いですか？　パウロさんはマグカップやお皿も作ってらっしゃるから、炉《ろ》があるかと思うんですが、こんなのは作れませんか？」

イオリは分かりやすいようにと描いてきた紙を渡した。

「これは鍋ですか……？」

「はい。どうしても欲しいんですよね。土で作られた鍋」

「んー。形は出来ると思いますが、鍋というと、火にかけるわけですよね？　熱に耐えられるかどうか……」

「そこなんですけど。これはペタライトという、魔の森の塩が採れるエリアで見つけた石です。耐熱性が高く、これを混ぜ込めば直火《じかび》でも耐えられると思うんですよ」

パウロは興味深そうに石を持った。

石は宝石のように煌《きら》めいていた。

「この石を砕《くだ》いても良いと言うのですね？　見事な宝石になるだろうに」

「俺は宝石よりも土鍋が欲しいです。出来れば２つほど」

パウロは楽しそうに笑って承諾した。

「どれくらいで出来るか分かりませんが、試してみましょう」

「ありがとうございます！　よろしくお願いします！」

嬉しそうに頭を下げるイオリに、カーラが空の瓶を１つ差し出した。

「頂いた紅茶入りの瓶の代わりにお持ちになって。今度はチビちゃん達の顔も見せてくださいね」

「はい。ありがとうございます。また、お伺《うかが》いします。よろしくお願いします」

イオリは笑顔のまま店をあとにした。

「随分と変わった方だと思っていましたけど、土の鍋なんてどうするのかしらね？」

「何か特別なことに使うんだろうよ。瓶を見つめていた時と同じ顔をしていたしな」

「そうね。あら？」

「どうした？」

「頂いた紅茶を見てみたら、何か混ざってるわ？　良い香り。これはオレンジのドライフルーツね。変わったお茶っておっしゃってたわ。今から淹れてみましょう。あなたも一息入れたらどう？」

「そうだな。頂こう」

その後、パウロとカーラは、初めて飲んだブレンドティーを大層気に入った。

そのことを知ったイオリは、時々夫婦に特製ブレンドティーを差し入れするようになったのだった。


パウロ＆カーラをホクホク顔で出たイオリは、続いて、以前泊まっていた宿――〝日暮れの暖《だん》炉《ろ》〟の扉を開いた。

「こんにちはー」

「おう！　イオリ、来たか！　こっちに座れよ！」

開口一番、店主のダンが大きな声でそう迎えてくれた。食堂のカウンターを挟んだダンの向かいでは、ギルマスのコジモがグラスを傾けていた。

「あれ？　ギルマス？　今日はお仕事終わりですか？」

ギルマスは顔をしかめた。

「イオリ。俺が休んでるように見えるか？」

「はい」

「気付《きつ》けの一杯だよ。これ一杯を飲んだところで酔いはしねーのよ」

ダンは苦笑しながらイオリに説明する。

「昔から何かあると一杯だけここで飲んでいくんだ」

「何かあったんですか？」

イオリの言葉に2人は顔を見合わせた。

「まだ、大きな問題はないが、魔の森が少しおかしい。嫌な予感がするんだ」

ギルマスはそう呟くと、グラスを見つめた。

「魔の森の周辺の道に魔獣が現れて旅人を襲っているんだ。だがな、襲っては森に帰るらしい。まだ大きな被害は出てないが、軽い怪我人が出始めている。昨日から調査の依頼を出して、いくつかのパーティーが向かっている。彼らからの報告はまだない……」

ギルマスとダンの表情から、イオリは心配の度合いが見て取れた。

「襲っては森に返っていく魔獣ですか……その依頼ってまだ受けられるんですか？」

ギルマスはバッとイオリに顔を向けた。

「行ってくれるのか⁉」

「はい。魔の森は俺の庭です。何かあるなら気になります。明日の朝から向かいます」

ギルマスは酒を一気に呷《あお》ると扉に向かった。

「ギルドに帰って、受付の準備をさせておく。新しい情報が来ているかもしれない。ダン！　ご馳《ち》走《そう》さん！」

静かになったカウンターに座ったイオリは、腰バッグから紅茶を入れた木筒《きづつ》を出した。

「これ、俺がブレンドしたお茶です。ローズさんとどうぞ。色々組み合わせを試したいんで、感想教えてください」

ダンは木筒を持って微笑んだ。

「また変わったことしてんな。ありがとう。試してみるよ。依頼が終わったら、また顔出してくれよ。双子も行くんだろ？　ウチのカミさんが心配する」

「はい。必ず」

そう言うとイオリは日暮れの暖炉をあとにした。

イオリが公爵邸の裏庭に行くと、双子とゼンにクロムスが加わって戯れていた。

側ではニコライとヴァルト、それぞれの従者、そしてデニが笑っていた。

イオリの帰宅に気づいたゼンが走って飛びついた。

『お帰り！　イオリ』

「ただいま」

「街に行ってたって？」

イオリはヴァルトの問いに頷いた。

「はい。紅茶を渡しに行ってました。双子！　ゼン！　明日は魔の森に行くよ。準備しよう」

耳をピコンとさせた双子は頷いてテントに走っていった。

「どうした？　仕事か？」

ニコライがデニを抱き上げて近づいてきた。

「魔の森が騒がしいようです。魔獣が近くの道まで出てきて、旅人を襲っているとか」

「報告は来ています。現在、冒険者ギルドが調査をしています。我々も調査団の準備を進めていますが、イオリさんも行かれると？」

エドガーがニコライに続き問いかけてきた。

「はい。何だかスタンピードの前兆《ぜんちょう》とは違う気がするんです」

「違う？」

ヴァルトが首を傾げる。

「はい。スタンピードでは、魔獣がただ前進しながら獲物を襲っていると推測します。今回の魔獣達は旅人を襲っては魔の森に帰るようです。これがよく分からない。だから気になるんです。自分の目で確かめたい」

イオリの言葉に一同が頷いた。

「我々もいつでも出られるように準備をしておこう」

ニコライの言葉でその場は解散になった。


イオリがテントに戻ると、双子が装備の点検を終え、腰バッグに飴を詰めているところだった。

「集合ー」

リビングに全員を呼び寄せ、イオリは言った。

「明日の魔の森はいつもと違うみたいだ。危険があるかもしれない。だから攻撃は俺がする。2人は終始周りを警戒してくれ。中には傷ついている冒険者がいるかもしれない。その時は助けておやり」

双子は深く頷いた。

△　△　△

翌日、イオリ達は早朝にテントを出発した。

公爵邸の玄関まで公爵夫妻が出てきて、見送ってくれた。

「どうか無事に帰ってきてくれ。武運を」

「元気な姿を見せてちょうだいね」

「朝も早いのにありがとうございます。行ってきます」

「「行ってきまーす」」

イオリ達一行は、まず冒険者ギルドに向かった。早朝のポーレットはまだひっそりとしていた。

この日に起こる騒ぎを、まだ誰も知らない。

8

早朝にもかかわらず、冒険者ギルドの中は騒然《そうぜん》としていた。商人達が護衛の依頼を増やしているからだ。

イオリ達は依頼ボードを見ずに受付に向かった。

中には、躍進するイオリ達パーティーの存在を意識し始めている人達もいて、目でイオリを追っていた。

「おはようございます。ラーラさん」

「おはようございます。イオリ君。受付が済んだらギルマスの部屋に行ってください。お話があるようです」

受付を終えるとギルマスのコジモの部屋へと足を向けた。

トントントン。

ノックをするとドアが開かれる。エルフの男性であり、冒険者ギルドのサブマスターであるエルノールが迎えてくれた。

中ではギルマスが腕を組んで椅子に座っていた。

「来たか。悪いな」

「よく考えたら、領主である公爵家の専属冒険者ってことは、ポーレットの憂《うれ》い事には気を配った方がいいんですよね？　それに、自由の権利を頂いてる身ですから、この依頼を受けるのも俺の自由ですよね？　だから、何も気にする必要はありません」

ニコッと笑うイオリにゼンは噴き出した。

『ギルマス。気にしなくていいよ。イオリは気になることに首を突っ込んだだけだよ』

ギルマスは脱力した。

「イオリと話していると気が抜けるわ。よし！　説明するぞ。先行しているパーティーの1人が深夜に帰ってきた。魔の森の入り口ギリギリで多くの魔獣が溜まっているらしい。静観している魔獣もいれば襲ってくる魔獣もいて、現在は襲ってくる魔獣の排除に苦労しているようだ。何組かのパーティーが踏ん張っている」

「俺とゼンは原因を探りに奥に行きます。双子が他のパーティーを助けてくれます」

ギルマスが双子を見ると双子はニッコリと頷いて親指を立てた。

ギルマスは微笑んで頭を撫でた。

「ヤバかったら逃げて良いんだからな？　今回はエルノールを連れていってくれ。ギルドとしても見過ごせなくなってきた」

エルノールを見れば微笑んでいた。

「私も双子さんと共に冒険者達を助けましょう。心配しないでください。２人を傷つけさせません」

「よろしくお願いします」

イオリは頭を下げた。


ギルマスの部屋を出ると、受付に詰め寄る複数の声が響いていた。

「一体、何でギルマスはあんな小僧に用があるんだ？　登録したての新人だろうが⁉」

「下がってください。ギルマスの判断で、お通ししたまでです。受付が滞《とどこお》っています。依頼を受けないのなら、お下がりください」

「何だと⁉　説明しろ‼」

「朝からうるさいですね。何ですか？　この忙しい時に」

エルノールの声で、一斉にイオリ達の方に顔が向けられた。騒いでいた連中はエルノールと共に階段を下りてきたイオリ達を見て、牙を剥《む》く。

「サブマス！　そいつは一体なんだ？　新人の扱いじゃない！」

ゼンは双子を促して背に乗せ、イオリの隣に立ち、唸《うな》りを上げた。するとギルドにいる従魔達が落ち着きをなくし、騒ぎ始めた。

従魔使い達は慌てて自身の従魔を宥《なだ》める。そして、ゼンの唸りのせいだと気づくと、厳しい目をイオリに向けた。

「ゼン。俺は大丈夫だよ。みんなを怖がらせてはいけないよ」

不満げにイオリの後ろに下がったゼンの怒気《どき》が収まると、ギルドは静かになった。

「初めにイオリさんを威嚇《いかく》したのはあなた達ですよ？　そんな目で見るのは感心しませんね。面倒なので最初に言っておきますが、イオリさんはギルマスが最も信頼する冒険者の1人です。今回のことを対処していただくために私に同行してくださいます。魔の森に共に行く気がないのなら、道を開けなさい！」

エルノールの言葉でギルドの雰囲気が戸惑いへと変わった。

ザワザワしているギルドのフロアをエルノールは悠然《ゆうぜん》と歩き、扉の前でイオリを手招く。

イオリはフロアを見渡して頭を一度だけ下げると、ゼンを促し、エルノールについていった。

エルノールはイオリ達を先に出すと、扉に手をかけたまま2階を指差し、冒険者達に告げた。

「文句がおありなら、あの人にお言いなさい」

エルノールが示す先では、ギルマスが泰然《たいぜん》として腕を組み、仁王立《におうだ》ちでフロアを見下ろしていた。

ギルマスが何も言わずに顎《あご》をしゃくると、エルノールは頷いて出ていった。

「アイツ、面倒なことを押しつけていきやがった……まぁ、仕方がないか」

ギルマスが態度とは裏腹に小声で愚痴っていたことは、扉を閉める瞬間に微笑んだエルノールも知らない。

ギルマスはため息交じりに、冒険者達に声をかける。

「戸惑ってる連中もいるだろうが、エルノールが言ったことは本当だ。あの小僧は先日Aランクに昇格した。俺が認めた。それだけの実績を携《たずさ》えてギルド登録をしやがったからな。文句があるなら、今日の成果を見てから言え。こう聞いてもグチャグチャ言う奴がいたら俺はこう答える。『遊んでないでとっとと仕事して、早く昇格でも何でもしやがれ』ってな！　冒険者は実力主義だ！」

ギルマスの演説で、ギルドは再び騒然となる。

「あんなガキがAランクだと？　やってやるよ！　なぁ？　みんな!!」

まだ早朝の冒険者ギルドに怒号《どごう》のような雄叫《おたけ》びが響いた。

△
△
△

冒険者ギルドの怒号を背に、イオリ達は街の外に出るために城門へと向かった。

「あれ。良いんですか？」

イオリの質問にエルノールは笑って答えた。

「所詮《しょせん》、冒険者は単純ですから。イオリさん、街の中での冒険者同士の争いはご法度《はっと》。治安維持隊と冒険者ギルドに処罰《しょばつ》されます。街の外での争いは、どちらが悪いか証明されれば、冒険者ギルドが処罰します。しかし、証明出来ない場合も多くあります。どうぞお気をつけて」

イオリは深いため息を吐いた。

「やはり、そうなりますか。まぁ、俺にはゼンがいますから、悪意を向けてくる人はすぐに分かります。何とかしますよ」

「ふふふ。そうですね。心強いですね。さあて、何があるか分かりませんからね。今日は荷馬車を使いましょう。負傷者もいるかもしれませんしね」

「「馬車！」」

「おや？　双子さんは馬車がお好きですか？」

「「好き！」」

イオリの苦笑した様子を見ながら、エルノールは話を続ける。

「ふむ。それなら、長旅用の馬車に乗っていくのが良いかもしれませんね。広いですし、布製の屋根も付いてますしね」

イオリ達はエルノールのアドバイスを聞きながら馬車置き場に向かった。

その中から、準備された状態の馬車を選び、エルノールが御者席についた。イオリ達は荷台に座ったが、酔う予感しかしない。

荷台の隅には、ポーションが入った木箱が置かれていた。


城門にたどり着くとロディをはじめ、治安維持隊が待機していた。

「気をつけてな」

ロディは短い挨拶と共に、銀色の筒をエルノールに渡した。エルノールは頷きながらゆっくりと馬車を前に進めた。

イオリは治安維持隊の中にポルトスを見つけると会釈をした。

「イオリ君！　スコルとパティも！　気をつけてな!!」

ポルトスは思わず声をかけた。

城門を出るとエルノールは馬車の速度を上げた。双子は後ろを振り返り、手を振っていた。

「サブマス、その筒って？」

「これは、先端に付いている石の色で危険度を教える魔道具です。青が問題なし。黄色が避難《ひなん》の準備が必要。赤が即刻《そっこく》避難を表しています。現地で状況を判断してシグナルを送るんです。すると治安維持隊の基地と公爵様が所有する魔石が反応し、ポーレットの住人が避難したり、治安維持隊を含めた兵が災害《さいがい》に備えたりします」

イオリは非常ベルや狼煙《のろし》のようなものと判断した。

「イオリさん、そろそろ森が見えてきます」

イオリはスナイパーライフルを構え、魔眼《まがん》を作動させ、魔の森を視界に入れた。

冒険者達が固まって、サンダーパンサーという猫科の魔獣や、レッドボアと戦っていた。

「サブマス！　右手で戦闘が行われています。ん……？　森から出てくる馬車が襲われてます！　護衛が怪我をしてる！」

「馬車？　こんなに早朝に？」

「俺が狙います。そのまま走ってください」

イオリはエルノールの隣に移動しライフルを構え直した。

スパーン!!　スパーン!!

△　△　△

時は進んで——エルノールはのちにギルマスと酒を酌《く》み交わした際に、シミジミと話した。

「あの時、神の御業《みわざ》かと思いました。魔法ではあそこまで繊細《せんさい》な攻撃など出来ません。淡々《たんたん》と魔獣のみを仕留めていくイオリさんは、いつものニコニコした青年ではなく、狼の目をしたハンターでした。なぜか、私はその姿を美しいと思ったのです」

同じく、その場にいた冒険者の1人はこう語った。

「いよいよヤバイ時だった。本来なら倒せるレベルの魔獣も、俺らの体力がないと分かると、集まって襲ってきた。その魔獣達が、目の前で次々と倒れていくんだ。振り返ったら馬車が走ってきた。もう安心だって思ったね。何でそう思ったかって？　そんなの今でも分からない。ただ大丈夫だって分かったんだ」

△　△　△

時を遡《さかのぼ》り、イオリ達が戦闘に突入する場面へ。

「とりあえず、大丈夫です」

イオリは馬車を走らせるエルノールに伝えた。

「今のがイオリさんの技ですか？　見事です。こんな武器は322年間生きてきて見たことがないです。素晴らしい」

「322年!?　ひぇぇ」

イオリ達は驚いた。

「ふふふ。私はエルフなので長命《ちょうめい》なのですよ。さぁ、着きますよ」

エルノールが森の入り口の手前に馬車を停《と》めると、まだ動ける冒険者達が集まってきた。

「サブマス！　助かりました」

その中のガタイのいい、鎧《よろい》を身につけた壮年《そうねん》の剣士が礼を言う。

「荷馬車にポーションがあります。傷ついた者から飲んでいってください。それから魔獣を倒したのは私ではなく、イオリさんです」

エルノールは荷馬車からポーションを降ろしているイオリを指した。

「あの小僧は……」

「以前、ギルマスが部屋に通してたな」

「何者だ？」

ザワザワしている輪の中にイオリはポーションを持っていった。

「皆さんお疲れ様です。サブマス、ここでいいですか？　俺はあちらの馬車の様子を見てきます」

イオリはスタスタと馬車の方へ行ってしまった。

「本当にアイツが……」

「ええ。イオリさんは史上最年少かつ最短で、ポーレットの冒険者ギルドでAランクを認められた逸材《いつざい》です」

剣士の冒険者は片眉《かたまゆ》を上げたが、嘘をついていない様子のエルノールに納得して頷いた。

「失礼。怪我は大丈夫ですか？」

イオリは馬車に近づくと、脇に立つ男に声をかけた。

「大丈夫だ。少しやられたが、持っていたポーションでなんとか無事だ」

「それは良かったです。他に必要ならあちらにありますんで、エルフの人に聞いてください」

「ありがとう。それより君だろ、俺達を助けてくれたのは？　何をしたかは分からないが、エルフの人じゃなく、君が何かをしたんだろ？」

イオリはニッコリと笑って答えた。

「遠距離攻撃が得意なんです、俺。ご無事で良かったです」

そこへ突然、馬車の中から声がした。

「それはお礼をしなくてはね」

馬車から顔だけを出した年配の男性がイオリを見ている。

「ありがとう。早くポーレットに行こうと私が急《せ》かしたために、冒険者の皆さんにも迷惑をかけてしまった。君のおかげで助かったのだから、お礼をさせてくれ」

イオリは馬車に近づくと首を横に振った。

「他の冒険者達は分かりませんが、俺は冒険者ギルドで依頼を受けた身です。仕事なのでお気になさらず」

そうニッコリ笑って、手を振りながら馬車を離れ、自分の馬車の方へ戻っていった。

イオリがエルノールに声をかける。

「サブマス。魔獣がまた集まっています。どうやら魔獣達は魔の森を離れたくないようです。森の内側の何かが怖くて逃げてきて、ギリギリ魔の森の境に屯《たむろ》しているように思えます。やっぱり奥の原因を何とかしないといけないですね」

どうやら、手前にいる魔獣達の壁を突破した上で、魔の森の奥に行かなければいけないらしい。

イオリの報告に冒険者達はザワザワし始めた。

「スタンピードの前兆ではないのか？」

剣士の男がイオリに聞くと他の冒険者達も頷く。

しかし、イオリは首を横に振って言う。

「違うように思います。見てください。もう魔獣達は、あれ以上前に出ようとしていない」

冒険者達が視線を向けると、確かに姿が見える魔獣達もチラホラといる。

「調べる必要がありそうですね……。ちょっと危険かもしれませんが、イオリさん、行ってもらえますか？」

「はい。行ってきますね」

エルノールの頼みをイオリは快諾《かいだく》する。

冒険者達は慌てて顔をイオリに向けたが、イオリはすでにゼンと双子の元に行っていた。

「おい！　まさかアイツ1人で行かせる気か？」

剣士の男がエルノールに詰め寄った。

「はい。ギルマスからの依頼ですので」

事もなげに言うエルノールに、冒険者達は騒然となった。

9

「スコル、パティ。行ってくるよ。2人はサブマスの言うことをよく聞いて行動するんだよ？」

双子は馬車から飛び出すとイオリに抱きついた。

「大丈夫。ちゃんとゼンと2人で帰ってくるさ。スコルとパティはみんなを守ってあげて」

イオリの言葉で顔つきが変わった双子が頷いた。

「「任せて！」」

スコルはイオリの裾を引っ張ると、イオリを座らせておでこを付けてきた。

「ボク達が持ち帰ってきて欲しいのは2人の命だよ。分かった？」

先日イオリが口にした言葉をスコルは言った。すかさずパティもおでこを付けてきた。

「分かった？」

「分かった。俺とゼンの命は絶対に持ち帰る」

双子はゼンにも同じことをした。

イオリが双子をエルノールの元に連れていくと、騒ぐ冒険者達をかき分けてエルノールが出てきた。

「双子を頼みます」

「はい。お任せください。イオリさんもご武運を」

短い言葉を交わし、一度双子を撫でると、イオリとゼンは魔の森へと疾走《しっそう》していった。

「「行ってらっしゃーい！」」

双子の声を背にイオリは走りながら、少し大きくなったゼンに跨《また》がった。

ゼンはそのまま、森の入り口の手前で大ジャンプをして魔獣の壁を飛び越えていった。

「「「おぉぉぉぉぉ」」」

冒険者達は驚きの声を上げたが、改めてエルノールに詰め寄った。

「本当にあの子だけで良いのか？」

「危険過ぎるぞ！」

「ギルマスも何を考えているんだ！」

「皆さん。いい加減に集中しなさい。確かに彼のことも心配ですが、私達も余裕はないのですよ？」

冷静なエルノールの声で冒険者達はハッとして、魔の森を方を見た。先ほどよりも魔獣達が前進している。いつ森から出てきてもおかしくない状態だった。

そして、冒険者達を守るように立っていたのは、10歳ほどに見える狼獣人の少年と少女だった。

それからエルノールは魔道具の筒で黄色のシグナルを送った。それを終えると、先ほど魔獣に襲われていた馬車に近づいた。

馬車から年配の男性が出てくる。彼を見て、エルノールは驚いた。

「あなたは……」

「やあ、エルノールさん、だったね。公爵様に早く会うために、魔の森を通ってしまって、迷惑をかけた。すまない」

男性は頭を下げると魔の森を見つめた。

「何が起こっているんだい？　それにさっきの青年は……？」

エルノールは、男性に魔の森で起こっているであろうことを説明して、速《すみ》やかにポーレットの街へ行くことを勧めた。

「彼は、現在のポーレットの冒険者ギルドが自信を持って送り出せる存在です。さぁ、急いで。城門も閉める準備を始めていることでしょう」

エルノールに送り出された男性は、一緒に馬車に乗っていた若い男性に言った。

「彼が何者か調べなさい」

男性は笑顔が魅力的な青年の無事を祈り、ポーレットへと馬車を急がせた。

△　△　△

「ゼン！　何か感じる？」

『スッゴク嫌な感じ。何かが2体いるよ！　……1体はトロールだ！　トロールが何かと争ってる！』

「トロール……？　何で？」

『分からない。凄く怒ってる』

本来、魔の森にいるトロールは優しいはずだ。体が大きく棍棒《こんぼう》を持っている割に、争い事を嫌う。旅人や冒険者を安全な場所に導く、魔の森の守護者だ。

そのトロールが怒っている……。

嫌な予感しかしない。

「襲ってくる魔獣は俺に任せて！　ゼンはトロールの所まで最速で向かって！」

『了解！』

ゼンはイオリを背に乗せたまま体を大きくして、崖《がけ》を飛び下りた。

着地したあとも止まらずにトロール目掛けて走っていく。

イオリは装備している2丁拳銃を手にすると、襲ってくる魔獣達を撃ち抜いていった。


(たすけて……こわい……とうさま……かあさま……だれかたすけて……)


そこでふと、トロールが暴れる魔の森の奥から、小さな小さな助けを求める声が聞こえた。

誰も気づかないその声を、1人の青年とフェンリルだけは拾い上げた。

「……？　聞こえた？」

『聞こえた……』

イオリとゼンは疑問に思いながらも現場に向かった。

『イオリ！　見えた!!　トロールだ！　っとあれ何？』

ゼンの言葉でイオリが目を凝らすと、確かにトロールが棍棒を振り回して周りの木々を破壊していた。

「あれは……トロール……？」

トロールと戦っていたのは、別のトロールだった。ただし、1体は真っ黒のオーラのようなものを纏《まと》っていて、正気を失っている様子であった。

「何でだ？　トロールは自分のエリアを出ないはずだよ。トロール同士が争うことなんて、あるはずないのに……？　それに片方のトロールは様子がおかしい！　……痛！」

イオリは魔眼の力で鑑定《かんてい》を使ったのだが、謎の痛みを感じて目を押さえた。

『イオリ大丈夫⁉』

「平気だよ。それより、あのトロール〝闇《やみ》〟を纏ってる。ゼン、気をつけて。鑑定によると本来は安定しているはずの、体内の魔素が暴走してる！」

『どうする？』

悩むイオリの頭に、再び小さな声が届いた。

（あの子をたすけて……）

「誰？」

『声じゃない。何か頭に響く感じだ。不思議だ……嫌な声じゃない』

（あの子はダメ。たすけて……）

イオリは武器をスナイパーライフルに持ち替え、〝闇持ち〟のトロールに狙いを定めた。

「ゼン。普通の様子のトロールに手を貸そう」

『了解。声の主は？』

「あとだ。まずは鎮《しず》めないと……」

ズドンッ‼

イオリは真っ直ぐに、闇持ちのトロールの眉間を撃ち抜いた。

が……。

「ギィエェエエイ!! ガァァァア！」

闇持ちのトロールは棍棒を振り回し、暴れ続けた。

「効いてない……？」

イオリは試しに数発撃ってみたが、闇持ちのトロールは相変わらず叫びながら棍棒を振り回していた。

もう1体のトロールは一生懸命に戦いながら、イオリ達の動きを観察している。

「森で火は使いたくないんだよな……だったら。ゼン！ 俺は降りる。足を固めよう。手伝って！」

イオリはゼンから飛び降りると、闇持ちトロールの足元に水属性を付与した弾を撃ち込んだ。

同時に、ゼンは氷魔法を使って膝から下を凍《こお》らせた。

突然足が固まった闇持ちトロールは、大きな音と共に頭から前方に倒れ込む。

すかさずイオリは闇持ちトロールの頭に飛び乗り、持ち替えた2丁拳銃で頭に鋼鉄《こうてつ》の散弾を撃ち込んだ。

「ぐぁぁぁぁグルルルゥウウ！」

断末魔《だんまつま》の叫びを上げて、闇持ちトロールは動かなくなった。

『イオリ、大丈夫!?』

ゼンはイオリの無事を確認すると、イオリともう一体のトロールの間に入って威嚇した。

トロールはイオリとゼンを観察すると棍棒を下げ、後ろに下がった。

イオリは倒れているトロールから飛び下りるとゼンの隣に行き、生きているトロールに話しかける。

「お前は、このトロールのせいで怒っていたのかい？　助けを求める声が聞こえたんだけど、何か知ってるかい？」

トロールは困惑したようにウロウロして、ゼンとイオリを交互に見ている。

ゼンがトロールに近づきスンスンと言葉を交わすと、トロールは自分の後ろにあった切り株を持ち上げた。

切り株がどかされて、後ろにあった岩の隙間《すきま》から見えたのは、小さなエルフの男の子だった。

男の子は耳を押さえて震えていた。

イオリが駆《か》け寄ろうとすると、トロールが慌てて止めた。

「がぅ！」

ゼンの声を聞いたトロールは停止して、心配そうに成《な》り行《ゆ》きを見守っている。

イオリは膝をついて男の子の細い腕に触れ、耳から手を離させた。

男の子はビクッと震えると目を開き、イオリを見ると暴れ出した。

「放して！　嫌だ！　痛いのは嫌だ！」

イオリは暴れる男の子を抱きしめ続けた。

トロールはオロオロとゼンの顔色を窺って、イオリに少しずつ近づいていった。

「大丈夫だ。痛いことなんて何もしない。君を傷つける者は誰もいない」

暴れる男の子にイオリは言い続けた。

しばらくするとイオリの言葉が通じたのか、男の子は静かになり、イオリにしがみついて泣き出した。

「お前はこの子を守っていたんだね？　一体闇持ちのトロールはどこから来たんだろう？」

トロールはイオリの言葉に対して何とも言えない表情を浮かべていた。

「ゼン。森のみんなに教えてあげな。闇持ちのトロールはもういない。いつもの森に戻ったよって」

『うん！　了解！』

ゼンは深く息を吸い込むと雄叫びを上げた。

「アオォォォォォォォン!!」

ゼンの声に反応するように、魔の森の至る所で魔獣や動物の声が聞こえ、植物達も心なしか輝きを取り戻したようだった。

ゼンの雄叫びに驚いたのか、男の子は涙がすっかり止まってキョトンとしていた。だが、しばらくして、森に戻ってきた小鳥達がトロールの頭に止まって遊び始めたのを見ると微笑んだ。

「さぁ。お話を聞かせてくれ。君の名前は？　どこから来たの？」

男の子が小さな声でイオリの質問に答えるのは、少し先の話――。

10

時は遡《さかのぼ》り、イオリと双子が別れた直後のこと。

イオリを見送った双子は、冒険者達の前に出た。そしてスコルはフードを被り、パティはポニーテールを結び直す。

「パティ、見て。イオリの言った通りだ。魔獣達、本当は魔の森を出たくないんだ。ギリギリでおしくらまんじゅうしてる」

「本当だ。でも楽しくはなさそうだね」

「うん。必要ないのに殺すのは可哀想だから、来たら追い返してあげよう」

「そうだね。追い返そう」

双子がそんな話をしている後ろでは、冒険者達がソワソワしていた。

「サブマス。本当にこの子達が戦うのか？　まだちっせーガキどもだぜ？」

「そうだよ。一丁前《いっちょうまえ》に剣なんて背負ってるけど子守《こもり》はゴメンだ」

「でも、この子達もギルマスが送ってきたんだろ？　一体どうなってんだよ」

冒険者達の言葉を聞き、エルノールはウンザリ気味に返す。

「あの子達は現在Cランクですが、実力的にはBランク以上に昇格してもおかしくありません。可愛らしさと度胸はすでにAランクですけどね。うかうかしてると、あなた達も追い越されますよ」

そう言うと、エルノールは双子の元に行った。

「双子さん、どうです？　魔獣は動きそうですか？」

双子は首を捻《ひね》ってエルノールに答える。

「「分かんない！」」

「だってね。みんな、おしくらまんじゅうしてるんだもん！」

「イオリの言う通り、森からは出たくないんだよ」

双子の言葉にエルノールは目を凝らした。

「本当ですね。おしくらまんじゅうです。ふふふ」

「出てきた子は追い返すね」

スコルにそう言われ、エルノールは首を傾げた。

「どうやって？」

「「こうやって！」」

そう言うや否《いな》や双子は走り出した。

双子が向かう先では、２匹のサンダーパンサーが押し出されるように森から出てきていた。

サンダーパンサーは双子が走ってくるのを見ると威嚇し、襲いかかってきた。

双子はそれを躱《かわ》す。そしてパティはサンダーパンサーの横腹を蹴り上げ、スコルは鞘《さや》に収めたままの長剣を振り抜いた。

サンダーパンサーは打ち返されたホームランの打球のように、見事に魔獣の壁の奥に飛ばされたのであった。

「「出来たー！」」

タタタタタタタ。双子が走って戻ってくる。

エルノールは笑いを堪えながら、笑顔で戻ってきた双子の頭を撫でてやった。

「よく出来ましたね。素晴らしい判断です。疲れたら言いなさい。あのおじさん達に手伝ってもらいますから」

双子の行動に顔を引きつらせていた冒険者達は、ぎこちなく首を縦に振った。

「「「マカセロ」」」

「「はーい！　じゃあ行ってくるね」」

双子は再び、飛び出してきた魔獣を〝ホームラン〟しに行った。

「さぁ、あなた達も踏ん張りなさい！　討伐しないにしても、追い返しなさい！」

エルノールは冒険者達に向かってそう言いつつ、双子が取り逃した魔獣を雷で気絶させ、森の奥に放り投げる。

「俺達さっきまで必死にやってたよな？」

「考えるな！　悲しくなる！」

「もう！　どうにでもなれ！　行くぞ‼」

冒険者達も双子に触発《しょくはつ》されて、魔獣達の相手をし始めた。


そうして何度も何度も魔獣達を追い返す作業を繰り返していた最中《さなか》、魔の森の奥から森全体が震えるくらいの雄叫びが響き渡った。

「何だ⁉」

「何が起こってる？」

「分かんねーよ！」

慌てる冒険者とは対照的に、双子は顔を見合わせて笑顔で抱き合った。

「ゼンちゃんだ！」

双子が踊《おど》りながら回っているのを見て、エルノールは2人に声をかける。

「あの声はゼン様ですか？」

「うん‼　ゼンちゃんの声！　ほら」

双子が指差す先では、魔獣達が逃げるように森の奥へと帰り始めていた。

「イオリとゼンちゃんが成功したんだよ。何だか分からないけど。絶対大丈夫だよ」

　スコルがパティの手を取ってエルノールの元まで走り、満面の笑みを向けた。

「そうですか……終わりましたか……良かった。イオリさん達が帰ってくるまで、この辺りを片付けておきましょう。随分と荒れていますからね」

　エルノールは冒険者達にも声をかけて、倒した魔獣を馬車に載せたり、穴が空いている場所を埋めたりと片付けを始めた。

　そんな大人達を横目に、双子は大きな石の上に腰掛けて飴を口に放り込み、魔の森を見つめていた。

「早く帰ってこないかな……」

「うん」

「帰ったら美味しい物食べようね」

「うん」

「ゼンちゃん、絶対にお腹減ってるもんね」

「うん」

△　△　△

双子が見つめる魔の森の奥では――イオリが小さなエルフの男の子に話を聞いているところだった。

「俺はイオリ。こっちは相棒のゼンだよ。君は？」

「ナギ」

「そうか。ナギ。はじめまして、よろしくね」

ナギはイオリを見ると小さく頷いた。

「年はいくつ？」

「6歳」

「ナギはどこから来たんだい？」

「エルフの里」

「1人で来たのかい？」

「ううん。怖いおじさん達もいた」

「怖いおじさん？　お父さんとお母さんは？」

「エルフの里で別れた。もう会えないって」

「怖いおじさんはどうしたの？」

「あの子が怖くて、逃げちゃった」

聞けば答えてくれるナギは、泣くのを堪えていた。

ナギが指差す方を見れば、トロールがモジモジしている。

ゼンがトロールにスンスンと話すと、トロールは内緒話をするようにゼンに顔を近づけた。

『トロールは久々に人を見たから気になって、人前に顔を出したんだって。そうしたら人間達が驚いて逃げようとしたんだって。でも、闇持ちのトロールが現れて、人間達を……踏み潰しちゃったらしい。この子は守らないといけないと思って、戦ってたって』

ゼンの話で辺りを見渡す。するとそれらしい痕跡《こんせき》があって、イオリは顔をしかめた。

「闇持ちトロールが現れた？　どこから？」

『分からない……突然現れたって』

イオリが考え込んでいると、ツンツンとナギがイオリの袖を引っ張った。

「ん？　何？」

ナギは口に片手を持っていき、小さい声で話した。

「あのね。〝煙《けむり》の人〟がいた。煙の人が光る玉を投げたら、悪い子が出てきたの」

「煙の人？」

イオリの問いにナギが頷いた。

それからイオリは色々考えてみたが、1人で考えても分からないと結論付けて、ひとまずみんながいる馬車の所に戻ることにした。

イオリは、ナギとトロールに視線を向け、これからのことを説明する。

「俺達は闇持ちのトロールを持って帰らなければいけない。それで、人間の街に行かなければいけないんだ。君達はどうする？」

トロールはもちろん自分の寝床《ねどこ》に帰るとゼンに伝えてきたが、ナギのことを心配しているらしい。

一方、ナギは不安そうにトロールを見たあとに、どうしたらいいのか分からないようで、イオリの顔を見つめていた。

トロールはジッとイオリを見ると、ナギの背中をそっとイオリの方に押した。

ナギが振り返ると、トロールはすでに背を向けて森の奥へ帰ろうとしていた。

「ありがとう！　ナギを連れてまた来るよ！」

イオリが声をかけるとトロールは振り返り——微笑んだ。イオリにはそんな気がした……。

「さて、ナギ。とりあえずは俺と一緒に来るかい？　俺の所には狼獣人の双子がいる。ナギにとってお兄さんとお姉さんだね。でも、これからのことはナギが決めていいんだよ？　沢山考えたらいい」

イオリは闇持ちトロールを腰バッグに入れると、ナギを抱き上げてマントで包んだ。

ナギはイオリに抱きつくと、マントから顔を出した。

「ナギ、準備はいいかい？」

「うん」

その時、イオリはナギの手首に蔓《つる》が巻かれていることに気づいた。

「これは？」

ナギは首を横に振りながら、手首を隠した。

「……そうか。じゃあ、行こう。ゼン」

ゼンはイオリを乗せて、魔の森の入り口に向けて走り始めた。

「はやーい」

ナギはゼンのスピードに驚き、前方を凝視《ぎょうし》していた。


安心したのか、いつの間にかナギはイオリのマントの中で眠ってしまっていた。

イオリはゼンに話しかける。

「寝ちゃったよ。ゼン」

『ふふふ。可愛い子だね。あのさ、イオリ。リュオン様が言ってた新しい家族って……』

「それはこの子に決めてもらおう。今は魔の森を抜けることを考えよう」

『うん。分かった……ねー、イオリ？　行きに倒した魔獣達が蘇ってるよ？』

「あぁ、睡眠弾で眠らせただけなんだよ。食べるわけじゃないのに倒すのは悪いだろ？」

のんびりと言うイオリに、ゼンはぴしゃりと伝える。

『あぁー。だから今前にいる大型魔獣達さー。怒ってるんだよ!!』

「あれ？　もう起きた？　流石だね」

『せめて丸一日、眠らせといてよ！』

「ごめん。通り抜けてよ。煙が広がるタイプの睡眠弾を、地面に落として行くから」

『もぅ。行くよ！』

ゼンはステップを踏んで魔獣達を避けていき、イオリは左手で睡眠弾を落としていった。

『ぎゃー！　イオリ！　眠くなる煙がこっち来る!!』

「うわぁ！　本当だ！　風がこっち向きじゃん!!　ゼン！」

『もぅ！　本当にイオリはボクがいなきゃダメなんだから！』

「あはははははは」

ゼンが突風を起こし、魔獣達が吹き飛ぶのを確認したイオリ。

「あれ？　俺の睡眠弾、意味なくない？」

その後、そんな呟きが聞こえたのだった。

△　△　△

エルノールは片付けをしながら、双子に目をやった。

双子は足をブラブラさせて退屈そうにしながらも、顔は真っ直ぐに魔の森に向けて、真剣な表情をしている。

双子に声をかけようとエルノールが歩き出した時、双子が素早く立ち上がりジッと森を見た。

エルノールもつられるように目を向けると、イオリとゼンが魔の森から飛び出してきた。

「良かった……」

エルノールはそう口にすると、微笑んでイオリ達の元に向かった。

「「イオリ！　ゼンちゃん!!　おかえり!!」」

「ただいま。２人とも無事？」

「「うん。元気！」」

『ただいま。お腹減ったぁ』

ゼンが双子の顔を舐めると、双子はキャッキャと喜んだ。

「お疲れ様でした。イオリさん」

エルノールが近づいてそう言うと、イオリは笑顔で頷いた。

「ただいま帰りました。お話しすることが沢山あります。俺の頭じゃ分からないことだらけです。ひとまず、双子がお世話になりました」

「いいえ。双子さんに助けられたのは私達です。ありがとうございます」

エルノールが双子を撫でると、双子はニッコリとした。

「それで、イオリさん。危険は去ったと考えて良いですか？」

「はい。魔獣達が去ったことで、一応は解決したと思います」

エルノールは頷くと、魔道具の筒を出した。そうしてギルドに知らせるための青のシグナルを送った。

パティがイオリのお腹を突っついて尋ねる。

「イオリ、何を持ってきたの？」

「目下《もっか》の問題はこれですね」

イオリがお腹に抱えていたマントを開ける。そこには、小さいエルフがしがみついて眠っていた。

「「可愛いー」」

双子が覗き込んで頬を緩める一方で、自分と同じエルフの姿を見たエルノールは顔を青くした。

「イオリさん……この子は？」

いつも冷静なエルノールが戸惑っているのを感じ取ったイオリは、魔の森でのことを説明し始めたのだった。


「――そうですか……トロールが……その闇に染まったトロールはギルドで確認するとして、このナギという子は……イオリさん、私の話を……エルフの負の遺産《いさん》の話を聞いていただけますか？」

「負の遺産？」

イオリはゼンのお腹にナギを寝かせて、双子に側にいるように頼んだ。

スコルはイオリからマントを受け取るとナギにかけてやり、パティと一緒に大きなゼンのお腹の中に潜《もぐ》り込む。

イオリが帰ってきたことで冒険者達が沸いている。その脇をエルノールとイオリは静かに歩きつつ、通り過ぎていった。

イオリはエルノールが話し始めるまで、黙って待っていた。

「……今から1万年以上前に、エルフは他種族を相手に戦争をしました。人間、獣人、ドラゴン種。様々な種族の頂点に立とうとしたのです。それは1人のエルフの野望から始まったことでした。エルフ達は畏怖《いふ》の念を込めて、そのエルフを〝ダークエルフ〟と呼びました」

「ダークエルフ……」

「我々エルフは端的《たんてき》に言うと2種類います。弓や剣、攻撃魔法を使う戦闘タイプ。支援魔法や癒しの力を持った非戦闘タイプ。ダークエルフは戦闘タイプのトップに君臨《くんりん》する、エルフの王でした。結局、エルフが起こした戦争は他種族の勝利で終わり、エルフは年々数を減らしていきました。戦後、不可侵の誓約《せいやく》のもと、ダークエルフはエルフの里に籠《こも》ったのです。戦争に反対したエルフ達は、全員エルフの里を出て、よそに拠点を持ち、生活していくようになります。かく言う私の祖先も異を唱《とな》え、里を飛び出した1人です。里を出て外で暮らすようになったエルフ達は他種族から迫害《はくがい》に遭《あ》うのですが、年月がそれを解消してくれました。私も冒険者ギルドのサブマスターなんていう栄《えい》誉《よ》に浴《よく》していますしね」

微かに笑ったエルノールだったが、悲しそうに話を続ける。

「里に残ったエルフ達はダークエルフのもとで結束を固めていきます。そして年月と共に〝闇を持つ〟集団へと変わっていったのです。ダークエルフの判断で、里に必要かどうかを選別され、必要なら戦士に、不必要ならダークエルフの永遠の命のために生贄《いけにえ》にされるのだとか。また、部族に反逆者《ぎゃくしゃ》が出ても生贄という名の処刑《しょけい》がされる……という話です」

そこへ、イオリが疑問を挟む。

「それなら、あの子の親は……」

「おそらく生贄にされたのだと……」

「そんな！　じゃああの子は？　ナギはなぜ生き長らえられたんだ？」

「エルフには、10歳未満の子の命を奪うことは不幸を呼ぶという言い伝えがあるのです。その代わり、人買いに売られるのですよ。自分で言うのも何ですが、エルフは美しいですからね。貴族や豪《ごう》商《しょう》が鑑賞用に購入するのです」

「鑑賞用……なんてことだ。じゃあ、ナギが言っていた怖いおじさん達って」

「人買い達だと推測します。昔からあったのですよ。エルフの里を離れた者が狙われ、奴隷として売買されていたことが……それを禁止したのが、アースガイルを建国した初代国王〝マテオ・アースガイル〟でした。そのため、エルフは初代アースガイル国王を尊敬と敬愛を込めて〝神の贈《おく》り物〟と称《しょう》するのです」

イオリは首を傾げつつ尋ねる。

「ナギを捕らえていた人買い達が、わざわざ魔の森を通ろうとしたということですが、彼らはどこに向かっていたのでしょうか？」

「ミズガルドの貴族か豪商。または、アースガイルの貴族でしょうか……」

「アースガイルでは、エルフの奴隷の売買は禁止されているんですよね？」

「イオリさん。３００年以上生き、様々な場所で旅をしてきた私から見て、アースガイルは素晴らしい国です。それでも人の世は完璧ではないのですよ。この世の全てを正しくするためには、誰にとって〝正しい〟のかという議論が必要です。エルフの里ではダークエルフが正しいように……とにかく、私は、小さな命が1つ助かった今を喜びたいと思うのです」

エルノールの哀愁《あいしゅう》を漂《ただよ》わせた顔を見て、イオリは頷くことしか出来なかった。

禁止されていても、エルフの売買は行われているだろう。

「サブマスはエルフの里に行ったことがあるんですか？」

話を変えるようにイオリが尋ねると、エルノールは首を振り、深く息を吐いた。

「一族のルーツです。もちろん、興味を持ったことはあります。若い時に親の反対を押し切って行こうとしたこともありました。でも、一足先に訪れた友人がエルフの里の者と揉めましてね。腕を落とされて帰ってきたのを見て、やめましたよ。昔は緑が豊かな里だったそうですが、今ではほぼ砂漠化しているそうです。エルフは自然を愛する種族だというのに、哀《あわ》れな者達です」

エルノールはそう言ってナギの方を見ると、イオリに聞く。

「イオリさんはあの子を引き取るおつもりですか？」

「そう考えていますが、ナギは折角《せっかく》自由になれたんです。本人に選ばせたいと思います」

エルノールは微笑んで頷いた。

「そうですね。ありがとうございます。さぁ、戻りましょう。あの子も目覚めた時にイオリさんがいないと困るでしょうから」

２人はゼン達の元に戻っていった。

11

……………………………………。

ナギ……ナギ……。

もう安心よ。痛いことも嫌なこともしなくて良いのよ。目を覚ましなさい。

(母さま？　ヤダな。目覚めたくないな。一緒にいたいよ)

母さまはいつも一緒よ。もちろん、父さまも。

(父さま。１人は怖いよ)

大丈夫。ナギは自由に生きなさい。お前を愛してくれる人達が待ってるよ。

目を覚まして、父さまと母さまが見られなかった世界をお前が見せてくれ。

（自由？　自由はいいこと？　楽しいこと？）

そうだ。良いことだ。父さまはお前に自由をあげたかった。

お前を愛してくれる人達が一緒に楽しいことをしてくれる。

安心して目を覚ましなさい。

（また会える？）

いつでも、ナギのことを思っているわ。

愛してるよ。ナギ。俺達の天使……。

…………………………………………。

△　△　△

サワサワと風が頬を撫でる。

ナギが目を開けると、久々に見る真っ青な空が広がっていた。

フワフワの白い綺麗な色の毛が自分に纏わりついていて、何だか良い匂いがする。

「やあ、ナギ。目が覚めた？」

森で会った男の人がナギを覗き込んだ。

ナギは起き上がって、思わず抱きついた。

「ナギ。周りを見てごらん、広いだろ？」

ナギは言われた通り顔を上げ、青々と広がる平原を見て目を丸くした。

「うわぁぁぁ」

ナギは裸足《はだし》で草の感触を楽しんだ。見上げると男の人は笑いながら言った。

「好きに走ってごらん。離れても見つけてあげるから。自由に走っておいで！」

(良いのかな？　好きに走って良いのかな？)

一歩前に出たナギの背中を優しい風が押した。

ナギは平原を走った。

(気持ちいい！　楽しい！)

空気を吸えば色々な匂いがする。

何もかもが楽しい。振り返れば、男の人の側に白い狼と少年と少女がいた。

「「ナギー!!」」

少年少女は手を振り、走ってくる。

ナギは怖くなって足が動かなくなった。

「ナギ！　ボクはスコル」

「私はパティ。会えて嬉しい」

スコルとパティの2人はナギの頭を撫でた。

ナギは強張《こわば》ってしまい、2人の間から男の人を見た。

（……笑ってる。良いんだ。好きにして）

ナギは一生懸命に背伸びをして、パティの頭を撫でた。

「あはははは。真似してるー」

スコルも頭を下げてくれた。そのまま、ナギはスコルの頭も撫でてみた。

「ナギ、おいで」

スコルはナギの手を握って男の人の元に戻った。

すると隣にいた白い狼がナギの顔を舐めてきた。

「キャハハ」

ナギはくすぐったくって笑ってしまった。

男の人が何かを出して飲み始めた。続けてスコルとパティがそれを飲んだのをナギは見ていた。

男の人がナギにもそれを差し出したので、ナギは口をつけた。

「……美味しい」

「でしょ！」

ナギの感想を聞き、スコルとパティは嬉しそうにナギを撫でた。

「イオリ！　飴あげて良い？」

スコルの言葉に、イオリと呼ばれた男の人は頷いた。

(そうだ。イオリって言ってた。白い狼は……確かゼンだ)

ナギが見ているのを確認すると、スコルは茶色の石をパティの口に入れた。

「美味しいー！」

パティは顔を綻ばせて言った。

(何で石が美味しいの？)

ナギはスコルの差し出してきた石をマジマジと見たあと、恐る恐る口に入れてみた。

食べたことがない幸せな味がした。

「美味しい……美味しい！」

ナギの反応にみんなが嬉しそうに笑った。

「楽しそうで良かったです」

イオリとは別の男の人の声がしてナギはビクッと震え、振り返った。

そこにはエルフの男の人がいた。

ナギは怖くなって、イオリにしがみつく。

「ナギ、大丈夫。この人はエルノールさん。エルフの里の人ではないよ？　ナギのことを心配しているんだ」

ナギはイオリを見上げる。

それからもう一度エルフの男の人を見ると、彼は少し悲しそうに笑っていた。

「ウラギリモノ？」

ナギの言葉に、エルフの男の人は驚いた顔をしたが、深く頷いた。

ナギはイオリから離れると、ウラギリモノであることを認めたエルフの男の人に手を差し出した。

ナギの手首に巻かれていた蔓から花が咲き、その中から手紙が出てきた。

そのウラギリモノは戸惑いながら、手紙を受け取った。

ウラギリモノは1人で手紙を読むと、それをイオリに渡して、ナギをぎこちなく抱きしめた。そして口を開く。

「ナギ。あなたの新しい世界の第一歩を歓迎します。どうか、ナギに笑顔が溢れる毎日を……」

閑話　託された手紙

～ウラギリモノと呼ばれる希望の人へ～


私はエルフの里のキブル。

息子にはウラギリモノと呼ばれる者に会って、信用出来そうであれば、この手紙を渡せと言ってある。

産まれた時より自分の里の掟《おきて》に疑問を抱いていた。かといって里を飛び出す勇気もなく、周りの言いなりでラナという女性と結婚し、ナギが産まれた。

人に決められた結婚でも、私達夫婦は仲睦《なかむつ》まじく幸せだった。

だが、ラナもまた里の掟に怯《おび》え、どうにか里を離れたいと考えていた。理由はナギが戦士になることが出来ないからだ。ナギは戦闘の能力がなく、里に残ることは難しいと分かっていた。

私達夫婦はナギの行く末を案じていた。

不安を抱えていたある日、妻がナギの能力に気づいた。ナギは砂漠に植物を芽吹《めぶ》かせることが出来るのだ。

現在のエルフの里は、砂漠化が加速している。ナギの能力が知られれば、里の長《おさ》に利用されてしまう。

だから私達はナギと共に里を抜けることを決めた。だが、長には気づかれているようだ。監視《かんし》が強くなっている。

私と妻はナギだけでも外に出したいと願う。ナギに自由を……私達の天使には世界の広さを知って欲しい。

エルフの里は最近、資源が枯渇《こかつ》している。

加えて、ダークエルフのルミエール様の話では、長はミズガルドの貴族と会うようになったようだ。

私は怖い。大きな戦争がまた起きるのではないかと……。

どうか、この手紙を読んでいる希望の人よ。ナギの進むべき道を示して欲しい。

何も出来ず、愛する息子を人買いへ渡し外界に行かせるような、愚かな親の命を賭けた大博打《おおばくち》だ。

この手紙がどうかナギを愛してくれる人に届きますように。

息子が大きな声で笑える世界がありますように。


〜愛する者を手放す者より〜

第3章　家族の形　～ポーレット～

12

ポーレットまでの馬車の中、双子は嬉しそうにナギを構い倒していた。

戸惑うナギも、時折笑顔を見せては冒険者達に癒やしを与えていた。

「ナギ。ポーレットの街が見えてきたよ。俺達が暮らす街だ」

イオリの言葉を聞き、ナギは馬車の中で立ち上がった。街のあまりの大きさに絶句《ぜっく》したナギだったが、イオリの顔を見て微笑んでくれた。

しばらくして城門に着くと、治安維持隊が喜びの声を上げて一行を出迎えた。

中でも、ポルトスは目に涙を浮かべながらイオリ達に手を振った。

「イオリ！　その子かい？」

報告を受けていた治安維持隊の隊長――ロディが馬車に近づき中を覗いた。

「はい。よろしくお願いします」

イオリはナギの身分証代わりに、銅貨50枚を出した。

「悪いな。決まりだからな。これも頼む」

ロディが魔道具の石を差し出すと、ナギは怯えた様子で手を当てた。

石が青く光ると、馬車の中は拍手でいっぱいになった。善良な市民であることが証明されたのだ。

「よくやったぞ！」

「これで、俺達の仲間だな！」

「イェーイ」

イオリやエルノール、双子が笑っているのを見て、ナギは恥ずかしそうにゼンに顔を埋《うず》めてしまった。

ポーレットの街に入ると馬車を降り、一行は冒険者ギルドに向かった。

「サブマス。俺、ナギを一度ダンさんに預けてきます。すぐにギルドに向かうんでよろしくお願いします」

「分かりました。そうですね。ダンさんなら信用出来ます。ギルマスにも伝えましょう。では、またあとで」

エルノールはナギを撫で、子ども達に手を振ると、冒険者達とギルドに向かっていった。

少し心細そうなナギを抱きかかえ、イオリ達は日暮れの暖炉に向かった。

昼過ぎの日暮れの暖炉の食堂はすでに人もおらず、夫婦が揃ってカウンターに座って紅茶を飲んでいた。

「あぁ、美味しい。早くあの子達、帰ってこないかしら」

「さっき、無事に街に帰ってきたって冒険者達が騒いでたろ。今頃、ギルドで報告でもしてるさ。無事ならいつでも会える。ソワソワすんな」

「だって……」

夫婦のそんな会話を知ってか知らずか、扉が開き、大きな声が室内に響いた。

「「ただいま！」」

双子が勢いよく食堂に入ると、すぐにダンに抱き上げられた。

キャッキャと喜ぶ双子を見たローズは微笑み、すぐに夫の動きの速さに呆れた顔をした。

「あなた、さっき私になんて言ったか覚えてる？」

ダンは顔を赤くして双子を下ろすと、２人を撫でながら尋ねる。

「２人だけか？　イオリは？」

「今来る！　一緒だよ。ゼンちゃんとナギがねー、マントでね」

パティの言葉に首を傾げる夫婦に、スコルが説明する。

「魔の森でイオリがナギっていうエルフの子を保護したんだ。冒険者ギルドで報告をする間、この宿で預かって欲しいって言ってる。もうすぐ来るよ。先に知らせてくれって言われたから来た」

「エルフの子だと？　なんてことだ！　ローズ！　湯を沸かしとけ。魔の森から返ってくるなら、どうせ必要になる」

ダンはそう言うと外に出た。するとイオリが歩いてくるところだった。

「マントで隠してんの」

パティがコッソリと伝える。ダンは頷きつつ、扉を開けたまま待っていた。

イオリが申し訳なさそうに言う。

「すみません。ご迷惑をおかけして」

「んなことは良いんだよ。よく無事で帰ってきた。これからギルドだって？」

「はい。それで、ダンさん達に甘えに来ました」

ダンは頷くとイオリを中に入れ、扉の鍵《かぎ》を閉めた。

「客はみんな出払ってる。鍵を閉めときゃ入ってこねーよ。で？」

イオリはマントを開いてナギを下ろした。ナギはすぐにイオリの後ろに隠れてしまった。

「いつぞやの双子にソックリだな」

ダンは苦笑するとしゃがみ込んだ。

「おう。俺はダンだ。ナギって言ったか？　俺はイオリの友達だ。出てきて可愛い顔を見せてくれ」

ナギは顔を半分だけ出すと、また引っ込んだ。

その様子を見ていたパティがダンに顔をくっつけた。

「怖くないよ」

それを見たスコルも同じようにダンにくっついた。

「ほら出ておいで」

ナギは伸ばされたスコルの手を掴んで、テトテトとイオリの後ろから出てきた。

ダンは辛抱《しんぼう》強く待って、ナギが目の前まで来ると大きな手で優しく撫でた。

その様子を見て安心したイオリはナギに声をかける。

「ナギ。俺は行かなきゃいけない所があるんだ。双子とここで待ってて欲しい。ダンさんは俺がこの街で信頼している人だ。ここは安全な場所だよ」

ナギはダンを観察したあとに小さく頷いた。

「私もいるのよー」

ローズはナギを驚かさないように、小さな声で話しかけた。

ナギは案の定ビクッとしていたが、パティがローズに抱きつくのを見て安心したのか、隠れるのをやめた。

イオリは双子を抱きしめて、クッキーの入った袋を渡した。

「落ち着いたら、みんなで食べな。俺がギルドに行ってる間、ナギを頼むよ」

「「任せて!」」

双子は親指を立ててニッコリした。

「ダンさん。ローズさん。すみません」

「おう。行ってこい」

「任せて。着替えもさせておくわ」

「あっ、足りなかったら請求してください」

イオリは魔道具である腕輪から銀貨1枚を出し、ローズに渡した。

ローズはそれを受け取り、深く頷いた。

「ナギ。行ってくるね。またあとで」

イオリがそう口にしてナギを抱きしめると、ナギはギュッとイオリを抱き返してから頷いた。

イオリとゼンが扉から出ていくと、宿にローズの掛け声が響いた。

「さぁ。みんな！　体を拭くわよ！　全員移動よ！」

「「はーい！」」

双子はナギを挟んで手を繋ぐとローズについていった。

しばらくすると、日暮れの暖炉からは子どもの戯れる声が聞こえてきた。

△　△　△

イオリがギルドの扉を開けると、怒号が飛び交っていた。

イオリに気づいた1人の冒険者が駆け寄り、怒りながら胸ぐらを掴んでくる。

「お前！　根拠のないことを言って街を混乱させるなよ！」

「そうだ！　ふざけんなよ！　何だよ、闇持ちのトロールって！」

「バウ!!」

混乱するギルド内に、ゼンの唸り声が響いた。

「放してもらえますか？」

ゼンの声で静まり返ったギルドの中に、イオリの涼しい声が通った。

唸るゼンに怯《ひる》み、冒険者達がイオリから離れていく。

「ギルドでの争いはご法度なんじゃないんですか？　ギルマス」

イオリは2階から見下ろしていたギルマスのコジモに声をかけた。

「悪いな。面倒なんで放っておいた。で？　獲物は？」

「ここで出します？」

バダンッ!!

イオリは腰バッグから闇持ちトロールを引き出した。

ギルド中の冒険者達は、それを目にして息を呑んでいる。

「通常攻撃が効かなくて、頭を潰すしかありませんでした。体内にある〝核〟は傷つけてません。調べてください」

「お前さんの通常攻撃が効かなかったか……みんな、いいな。これ以上無駄な争いをするな。ここからはペナルティを科す。イオリ、上がってこい。報告をしてくれ。ベル！　トロールを頼むぞ」

「はぁーい。お任せをぉ」

イオリはトロールを調べるために現れたベルに会釈をすると、階段に向かっていった。


ギルマスの部屋に入ると、ニコライ、ヴァルトの公爵家兄弟とそれぞれの従魔、従者達、そしてエルノールが揃っていた。現公爵の従者であるノアもいる。

「お待たせして、すみません」

イオリが頭を下げると、ニコライが代表して言った。

「ご苦労だった。よく無事で帰ってきてくれた。ナギと言ったか？　エルフの子は大丈夫か？」

「日暮れの暖炉のダンさん夫婦が預かってくれました。ナギは初めは怯えてましたが、俺が宿を出る時には笑顔を見せてくれたので何とか」

イオリの言葉に大人達はホッとした。

その後、イオリの報告を大人達は厳しい顔で聞いていた。

「煙の人とは誰だろうか？」

「転移魔法の1つでしょうか？」

ニコライの呟きにエドガーが答えた。

『他に気配はしなかったかい？』

ニコライの膝で丸まっていたデニが、ゼンに話しかけた。

『闇のトロールが強烈《きょうれつ》で気づかなかった。イオリが仕留めたあとに周囲を観察してみたら、フワフワと微かな匂いだけが残っていたよ。でも〝あれ〟は知らない匂いだ』

ゼンの不穏な答えで、部屋に重たい空気が流れる。

「闇のトロールだがな、今はベル達に解体を頼んでいるが、一度王都に送ってみようと思う」

ギルマスの言葉にニコライは頷いた。

「その方が良いな。どちらにしても王都に知らせるべき話だ」

「我々はもう1体のトロールに助けられたということでしょうか？」

ヴァルトの言葉で一同は押し黙ってしまった。

「おそらく……」

イオリのその声で、視線が彼に集まる。

「おそらく、トロール本人にその意識はないでしょうね。あったのは、目の前にいたエルフの子を守らなきゃという気持ちだけだと思います。しかし、結果、我々は助けられた。あの時トロールがナギを見つけて、闇持ちと戦っていなければ、スタンピードと同じ現象が起こっていたかもしれません。何故なら、闇持ちの存在によって、魔獣達は魔の森で生活が出来なくなるからです。もしかしたら、どこかの誰かは、それを狙っていたのかも」

「その誰かが、故意《こい》にスタンピードを起こそうとしていたということだね？」

それまで黙っていたノアが発言した。

「はい」

「もう1つよろしいですか？　イオリさん。ナギからの預かり物を皆さんに見ていただきたいのです」

エルノールはそう言うと、ナギの父親が願いを込めて書いた手紙に関してイオリに伝えた。イオリが頷くと、エルノールは懐《ふところ》から出した手紙をニコライに渡す。

ニコライは手紙を読んでから目をつぶって、今度はノアに渡した。

ノアが声に出して手紙を読むと、再び部屋に重苦しい空気が流れた。

「わざと騒ぎを起こし、息子を里の外に出したのでしょう。たとえ息子が奴隷になろうとも、里の外に出ることで起きる奇跡に縋《すが》った。もちろん、闇持ちのトロールに襲われたことは想定外でしょう。ただ、結果としてイオリさんがナギを見つけてくれた。奇跡は叶ったのです」

エルノールは沈痛《ちんつう》な面持《おもも》ちでイオリを見ていた。

エルノールはさらに続ける。

「問題は、手紙の後半に書かれているミズガルドという文字です。もちろん、早計《そうけい》な判断はいけませんが、何か大きな事件が起きるかもしれません」

大人達は黙って頷いている。

「やはり、これもあわせて王都に報告しよう。父上にも進言する。ノア、一緒に来てくれ」

ノアはニコライの言葉に首肯した。

「ギルマス。闇持ちトロールの件は頼む」

ニコライがそう言うと、ギルマスとエルノールは立ち上がり、部屋を出ていった。

ニコライはイオリの方に顔を向けると、改まったように言う。

「イオリ。本当によく帰ってきてくれた。ゼンもありがとう」

「ニコライさん。俺は自分が気になることに首を突っ込んだだけです」

すると、ヴァルトが言う。

「イオリはナギが気になるだろう。落ち着いたら我々にも会わせてくれ。まぁ最初は怖がるだろうが……」

イオリはヴァルトの言葉に苦笑するのだった。


みんなでギルマスの部屋から出て階段を下りると、フロアがざわめいた。

「お疲れ！」

魔の森にいたパーティーが近づいてきた。

「さっきは、お前に襲いかかった奴を止められなくて悪かったな」

鎧の剣士が話しかけてきた。

「いいえ。大丈夫です。お疲れ様でした。報告は終わりましたか？」

「あぁ、良い報酬《ほうしゅう》だった。それであの子は？」

「信頼する人に預かってもらっています。今から迎えに行きます」

「そうか。今さらだけど、俺の名前はガンツ。Aランクだ。コイツらは俺のパーティーの仲間だ。よろしくな」

「イオリです。双子もお世話になりました。よろしくお願いします。今日は色々あったので……この辺で失礼させてください」

「あぁ、またな」

ガンツはニコライ達にも挨拶をして離れていった。

イオリはガンツに言ったように少し疲れていたので、受付に行ってラーラに話しかけた。

「ラーラさん。報酬の受け取りは今日じゃなくても良いですか？」

「お疲れ様でした、イオリさん。承知しました。今日はありがとうございました」

イオリとゼンはギルドを出ていった。

渦中《かちゅう》の人物であるイオリがギルドから出るのを見届けた冒険者達は、各々《おのおの》が今日の出来事を話し始めた。

13

ギルドを出て、教会に行くと突然言い出したイオリの背を、公爵家兄弟のヴァルトとニコライは見送った。

「イオリは割と信心深いな」

「そうですね。自分の無事を報告するらしいです」

ニコライに抱かれているカーバンクルのルチアは揺れるように笑った。

『イオリはリュオン様が好きなのです』

ルチアの言葉でヴァルトは眉間にシワを寄せた。

「絶対神が好き？」

『ルチア、それじゃみんなが誤解する。イオリはゼンとの出会いを神に感謝しているんだ』

ルチアの番《つがい》であるデニの説明に、兄弟は納得した。ルチアも微笑んで頷いている。

デニが告げる。

『今日は先に帰ろう。どうせナギとは今日は会えない。明日にでも会いに行けばいい』

「私達は父上にも報告しなくてはいけない。ヴァルト、帰ろう」

「分かりました」

こうして公爵家の一同は公爵邸へと足を向けた。

△　△　△

イオリが教会の重い扉を押して入ると、教会の代表であるエドバルドが祈りを捧げていた。

イオリが近づいたのに気づいた彼は、顔を上げて笑顔になった。

「お帰りなさい。ご無事な顔を見て安心しました」

「ただいま帰りました。リュオン様に報告してもいいですか？」

エドバルドは笑顔で場所を譲《ゆず》った。


「こんにちは。相沢さん」

「こんにちは。リュオン様……」

イオリが祈りを捧げると現れたリュオンは、変わらず美しい笑顔をしていた。

「闇持ちのトロール……可哀想な子です」

「やはり、あのトロールは無理やり闇に落とされたんですね？」

「時折、人は酷い選択をします。私は神として全ての生き物が等しく愛おしい。それでも、生命の摂理《せつり》に反する殺傷《さっしょう》を繰り返すのは人だけです」

リュオンが見せる悲しそうな表情に、イオリはいたたまれなくなった。

「リュオン様。ごめんなさい」

「あなたは他の種族にも敬意を持って行動しています。私はあなたが誇《ほこ》らしい。ですが、たまに思うのです。人は意思疎通が出来る生物しか尊《とうと》ばないのか、と……」

「エルフ族のエルノールさんが言っていたんです。人は完璧ではない。小さな命が1つ助かった今を喜びたい、と……」

「そうですね。ナギは愛らしい子です。相沢さんならあの子の笑顔を守れると信じています」

「彼が選択してくれればですけどね」

「しますよ。覚悟を決めましょう。ゼン、弟が増えますね」

ゼンが嬉しそうにリュオンにすり寄って甘えた。

『うん。ナギ可愛いもんね』

「ナギの親は……天国に行けますか？」

「ええ。のちほど会うことになります」

「伝えてください。ナギを愛すると」

リュオンは微笑んで頷いた。

「相沢さん。あなたは、あなたの心のままに行動すれば良いのです。そうだ。サービスを追加しましょう。ふふふ」

「何ですか？」

「秘密です。さぁ、子ども達の元にお帰りなさい。また、お会いしましょう」

目を開けじっと佇《たたず》むイオリに、背後からエドバルドが声をかけた。

「リュオン様は何と？」

「心のままにと」

「はい。私も同じように思います。困ったり、苦しかったり、悲しかったりしても、あなたには助言をくれる大人達、笑顔をくれる子ども達、唯一無二《ゆいいつむに》の従魔がいます。それは、あなたの魅力で皆さんが集まってくるからでしょう。心のままにいることが、あなたの一番の魅力です」

イオリは大きく息を吐くとニッコリと笑い、エドバルドの方に振り返った。

「ありがとうございます、エドバルドさん。落ち着きました。子ども達が待っているので帰ります！」

エドバルドもニッコリ笑い頷いた。

「行こう！　ゼン」

『うん！　バイバイ』

イオリ達が出ていった扉をエドバルドはジッと見ていた。

「どうか稀人《まれびと》の未来が闇に染まらぬよう……リュオン様、お守りください」

△△△

イオリは気持ちを切り替えて、日暮れの暖炉へと足を速めた。

酒場が騒がしくなるにはまだ少し早い時間。

イオリとゼンが扉を開けると、日暮れの暖炉の食堂にはチラホラと食事をしている旅人がいた。

「おぅ。帰ったか」

ダンがカウンターからイオリに声をかけた。

「お世話になりました。うちの子達は？」

「お前の部屋で飯を食わせてる。ローズが一緒だ。話はまとまったかい？」

イオリはカウンターに近づき、小さい声でダンに返答する。

「報告は終えました。それで、魔の森の異変は、どこからか来た闇持ちのトロールが原因でした」

「何!?　それを仕留めたのか？」

「はい。頭を潰すしかありませんでしたけど。ギルドで解体したのちに王都に送って、調べてもらうそうです」

「そうか……で、あの子は？」

「俺は引き取りたいと思っていますが、そこは自分で選択させたいです」

「可愛い子だ。まだまだ怯えているが、双子が面倒を見ていたよ。イオリが顔を見せれば安心するだろう」

「はい。ダンさん。あの子は……」

「エルフの里の話は分かってる。一度、獲物を巡って揉めたことがあってな。親と一緒ではないということは、その時に知った噂の通りなんだろう……さぁ、行ってやれ」


イオリは階段を上がり、以前泊まっていた部屋をノックした。ローズがドアを開けて笑顔を見せるとイオリは部屋に入った。

双子はイオリを見るや否や走って抱きついた。

「「おかえり！」」

「ただいま。食事中は椅子から立ってはいけないよ。ゆっくり続きを食べな」

「「はーい」」

双子はイオリと手を繋いで席に戻る。ナギは双子とイオリのやり取りを見てモジモジしていた。

イオリはナギの側に膝をつき頭を撫でた。

「沢山食べてるかい？　離れて悪かったね」

ナギは涙を堪えて頷いた。若草色《わかくさいろ》のシャツに橙色《だいだいいろ》の短パン、そして革靴《かわぐつ》を履いたナギをイオリは抱き上げると、背中をポンポン叩いてあげた。

「ローズさん、綺麗にしていただいてありがとうございます。髪は、ダンさんが整えてくれたんですか？」

「双子ちゃんが助けてくれたから大丈夫よ。ナギちゃんも大人しくて面倒なんて何もなかったわ。残りの買った洋服はスコルちゃんに渡してるから、あとで確認してね。髪は綺麗なストレートだから、基本はそのままにしようって、あの人が」

イオリがナギの顔を見ると、薄緑色のストレートの髪の間からエメラルドの目がイオリを見つめ返していた。

「ふふふ。綺麗にしてもらったね」

ナギは小さく頷いた。

「ここに元々着ていた洋服があるわ。どうするかはイオリ君に聞いてからがいいと思って」

ベッドにナギの服が畳まれていた。

手に取ると、イオリは服に1つだけついていた木の実のボタンを見ながらナギに聞いた。

「ナギ。この木の実だけ洋服から取って、紐につけて髪の毛を結ばない？」

ナギは嬉しそうに何度も頷いた。

「まぁ、素敵ね！　ちょっと待ってて！　今余ってる紐持ってくるから」

ローズは急いで部屋から出ていった。

イオリはローズを待ってる間に双子から、ナギと体を洗った話、ダンに髪の毛を切られてる時にナギが泣いた話、イオリのクッキーをナギが嬉しそうに食べていた話、パティがローズと一緒にナギの服を買いに行った話を聞いた。

イオリが楽しそうに話を聞いているのを見て、ナギも少しずつ笑顔を見せていた。

『ナギも楽しかった？』

ナギはゼンが話すのを自然と受け入れていて、ゼンの言葉に頷いた。

「イオリのクキー美味しかった」

「ナギ。クキーじゃなくて、クッキーだ、クッキー。そうか喜んでくれて嬉しいよ」

ナギの小さな声を逃さず、イオリはナギの頭を撫でた。

ナギの髪はサラサラと絹《きぬ》のような手触りだった。

「お待たせー!!　どれがいい？」

ローズが息を弾ませながら部屋に入ってきた。

イオリはローズから紐の束を受け取ってテーブルに並べた。

「ナギ、どれがいい？」

ナギは困った顔でイオリを見ている。

「ナギが選んでいいんだよ。どれがいいかな」

椅子に立たされたナギは一生懸命に紐を見ていた。

「わぁー。綺麗！」

パティはキラキラした目で紐を見ている。流石は女の子である。

「パティちゃんも選んでいいのよ？　スコルちゃんもいる？」

「ボクはいい。髪短いもん」

スコルはそれでも楽しそうに笑って、ゼンと一緒に2人が選ぶのを見ていた。

ナギはイオリの腕を引っ張って1本の紐を指差した。

「これがいいの？　ローズさんこれいいですか？」

ローズは嬉しそうに微笑んだ。

イオリは紐に木の実のボタンをつけ、少し考えると腰バッグから小さな鳥の羽と裁縫《さいほう》道具を出した。

羽を木の実と紐に縫いつけると、ナギを後ろ向きに立たせて、ハーフアップに髪をまとめた。

「まぁ！　素敵！　髪飾りなんて貴族しかつけないわ。髪に木の実がついてるだけでも良いのに、羽もついているなんて凄く可愛いわー」

「可愛いー！　ナギにピッタリ！」

ローズとパティはうっとりとナギの後ろ姿を見ていた。

「うん。ナギの顔が見えていいよ！」

『可愛い！　ナギ可愛い！』

あまりにみんなが褒めるものだから、ナギはイオリに抱きついて隠れてしまった。

それでも、イオリの耳には「ありがと」と言う小さい声が聞こえた。

14

ナギと出会ったこの日、イオリ達はローズの勧めで日暮れの暖炉に泊まることにした。

眠りに就こうかという時、イオリはナギをベッドに座らせて話し始めた。

「ナギ。少しお話をしよう」

イオリの言葉にナギは頷いた。

双子とゼンも黙ってイオリの話を聞く。

「今ナギがいるのは、アースガイルという国のポーレットという街だ。国っていうのは……里よりもずっと大きい所で、街はその中にある1つの場所だ。分かるかな？」

指で丸を書いて説明するとナギは少し考えてから頷いた。

「このポーレットという街では、親とはぐれちゃった子は教会という所に引き取られて面倒を見てもらうんだ」

ナギは段々と悲しそうな顔になっていく。イオリの腕をギュッと握って俯《うつむ》いてしまった。

後ろでヴーヴーと聞こえる声は、パティが何か言おうとしているのをスコルが止めているからだろう。

「俺達は冒険者。お願いされた仕事をこなして報酬をもらっているんだ。時には旅をすることもあるし魔獣と戦うこともある。危険な仕事だ。それでも、みんなで一緒に生きていくことが出来て幸せだよ。俺達はその生き方を自分で決めた。だから、聞くよ。ナギはこれからどうしたい？」

「どうしたい？　どうしたらいいの？」

聞かれると思わなかったナギは首を傾げてそう口にした。

「ナギが選んで良いんだ、ナギがしたいように。どうやって暮らしたいか、誰と生きていきたいか。だってナギは自由なんだから」

ナギは考え始めると悲しそうな顔をして首を横に振った。

「ボクは・・・・ヤクタタズだから嫌われる。だから、母さまとも父さまとも一緒にいられないんでしょ？」

精一杯の言葉と共に、ナギは涙をこぼし始めた。

「ヤクタタズ。里でそう言われてたのかい？」

小さくナギは頷いた。

「それは違うなー。俺は疲れて帰ってきてナギの笑顔を見たら、体が軽くなったもの。それに、優しいトロールを虐《いじ》めちゃダメだってナギが教えてくれた。ナギはヤクタタズなんかじゃないよ。ナギが産まれた里では役割がなかっただけさ。だから、お父さんとお母さんはナギを里の外に送り出してくれたんだよ」

イオリの言葉に、ナギは目を開いて驚いた。

「本当？」

「俺はそう思うよ。目を閉じて思い出してごらん？　お母さんとお父さんの笑顔を」

ナギは言われた通り目を閉じた。

「母さま、笑ってる。父さまも！　そうだ！　言ってたよ。広い世界を見せたいって!!」

嬉しそうに顔を綻ばせたナギをイオリは抱きしめた。

「お母さんとお父さんには会えないけど、ナギは生きていかなければいけない。さぁ、ナギ、どう生きていきたい？」

「イオリといたい！　世界を見たい！　知らないことを知りたい！」

イオリはナギのキラキラした目を見て頷いた。

「ようこそ。ナギ。俺達が君の新しい家族だ」

「「やったー！　ナギも家族だ！」」

双子は嬉しさを隠さずにナギに抱きついた。

ゼンもナギの顔にスリスリして歓迎した。

ナギはみんなの熱烈な歓迎を心の底から喜んだ。

「さぁ、みんな。明日は家に帰る前に冒険者ギルドに行って、ナギの登録をするよ。身分証明のためにも必要だからね。あと、俺達も依頼完了の報告をしなきゃいけない。帰る時にはパウロ&カーラへ寄ってナギのカップも買おう。だから、今日はもう寝なさい」

「「はーい」」

双子は同じベッドへ潜り込み、ナギはイオリと一緒のベッドで寝ることにした。


「眠れないかい？」

薄暗くした部屋の中、目を開けているナギに声をかけるとナギは頷いた。

「沢山のことがあったからね。そうだ、ナギ。物語を聞かせてあげよう。昔々ある所に、優しい男の子が両親と楽しく暮らしていました」

そう言うとイオリは、男の子を悪い悪魔から守った両親の話を聞かせた。

「……それでも、男の子は悲しむことはありません。なぜなら男の子の両親は、優しい神様の元で男の子の幸せを祈っているからです。天国へ行った両親の背中には羽が生え、時折男の子の様子を見に来ては、寝ている男の子の頭を撫でていきます……」

いつの間にかスヤスヤと眠るナギを、ゼンとイオリはニッコリと笑っていつまでも見つめていた。

△ △ △

どこまでも青い空が続く草原に、エルフの夫婦が立っていた。

「あなた達の行くべき扉はこちらです」

見たこともない虹《にじ》色の髪をした男は扉を開きながら2人を招いた。

戸惑う夫婦に、男性はニッコリと笑って声をかける。

「あなたの愛しい息子は私の愛し子が引き取りました。もう安全です。心配することはありません」

夫婦は息子という言葉を聞くと、男に走り寄った。

「私の愛し子は優しさと気高《けだか》さを持っています。あなた達に起こった悲劇に心を痛めながら、ナギの笑顔を守るでしょう。ナギはあなたの教えの通り、外の世界のエルフに会い、手紙を渡しました。人生、辛いこともあるでしょう。それでもナギが出会った人達は、あなたの息子を預けるに値《あたい》する人達ですよ」

夫婦は手を取り合って泣きながら膝をついた。

（私達の天使が無事なら、それで良い。どうか、息子の未来が光に包まれていますように……愛し子様に感謝いたします）

エルフの夫婦は手を繋ぎ、男が開けている扉に入っていった。

△
△
△

朝の光がキラキラとカーテンから漏《も》れ始めた時、ナギは目を覚ました。

昨日のことが夢だったのではないかと慌てて起きるが、イオリが隣で眠っているのを見てホッとした。

イオリはナギが自由だと言った。

（自由って何だろう？　とても素敵な響きだな）

ナギの目覚めに気づいたゼンがベッドに近寄りナギを舐めた。

ナギのクスクス笑う声で、双子が目覚めた。微笑む双子はシーッと指を口につけてナギに近寄ってきた。

「今日はイオリの方が起きるの遅いね」

『ちょっと遅くまで起きてたからね』

スコルの言葉にゼンがヒソヒソ答えた。

「「じゃあ、起こそう！」」

ニヤリと笑う双子。ゼンはやれやれと苦笑しながら少し離れた。

双子はナギをベッドから立たせて、仰向《あおむ》けで眠るイオリのお腹に３人で飛びついた。

「グェッ！」

イオリの口から聞こえてはいけない声が漏れたが、双子はキャッキャと笑っていた。

「その起こし方、何とかならない？」

イオリはそう言うと、双子を布団で包んでくすぐった。そんな様子を、ナギはニコニコと見ていた。

「ナギー。お前も同罪だよ」

イオリがナギを捕まえて高い高いをすると、ナギはキャッキャと足をバタつかせて喜んだ。

「最高とはいかない目覚めだったけど、みんな起きたことだし、顔を洗って食堂に行こう」

揃って身支度を済ませて食堂へ下りていくと、多くの人が食事をしていた。

ローズの手招きで端《はし》にあるテーブルに座った。

「おはよう。みんな眠れた？　今、朝食持ってくるわね」

「おはようございます、ローズさん。昨日はありがとうございました。子ども達もグッスリでした」

ニッコリ笑う子ども達を見て、ローズは微笑んでカウンターに向かった。

カウンターではダンが朝食のプレートを忙《せわ》しく用意していたが、イオリが会釈をするとニカッと笑い手を上げてくれた。

「ごゆっくり！」

ローズによりプレートが並べられると、子ども達は「いただきます」をして食べ始めた。

イオリは、ナギが食べるのに苦労していた硬いパンを小さくちぎって、牛乳のスープに浸《ひた》して、スプーンで食べさせてやった。

ナギはニッコリ笑うとみんなの真似をして食べ始めた。

子ども達とのゆったりとした朝食が済む頃には、他の客は宿をあとにしていた。

ダンとローズがやってくる。ダンが声をかけてきた。

「腹はいっぱいになったか？」

「「お腹いっぱい！」」

「バウ！」

双子とゼンの答えに満足するとダンはナギを見た。ナギは視線をキョロキョロさせると頷いた。

「そうか。良かったよ」

ダンはニカッと笑った。

「ご馳走様でした。昨日も甘えちゃって、すみません。ありがとうございました」

「良いんだよ。遠慮するな。空いてる時なら、いつでも泊まりに来れば良い」

イオリは微笑むと頷いた。

「これから、冒険者ギルドでナギの登録をしてきます」

ダンとローズは顔を見合わせるとニッコリ笑った。２人はカウンターから出てくるとテーブルに近づいてナギの頭を撫でた。

「ナギは今後どうするんだろうって話してたんだ。そうか。イオリと一緒に行くか」

「はい」

「じゃあ、ナギもうちの子だな。いつでも来いよ」

ナギはキョトンとすると首を傾けた。

「俺達が初めてポーレットに来た時、一番にお世話になったんだ。だから、ここがポーレットでの俺達の実家だと思ってる」

ナギはイオリの言葉にしばらく考え込むと、やがてニッコリと頷いた。

ローズは頬を染めて「可愛い」と連呼していた。

「じゃあ、そろそろ行くか！　行ってきます！」

「「行ってきまーす！」」

「バウ！」

「「行ってらっしゃい！」」

イオリ達は挨拶をして立ち上がると扉に向かった。

ナギはイオリに手を引かれながら後ろを振り向き、ダンとローズに小さな手を振った。

悶《もだ》えるダン夫婦を置いて、ナギはイオリと朝のポーレットの街に出ていった。

「さぁ。まずは冒険者ギルドだ。うるさい大人達が多いからなー」

イオリはナギを抱き上げた。

「とりあえず、ギルドでは離れるなよ」

ナギはブンブンと首を縦に振った。

ナギを守るつもりなのか、双子は殺気を飛ばしながらイオリ達の前を歩く。

「落ち着いて。目立たないように歩くのも大切だよ」

冒険者ギルドの扉を開くと、依頼を受けようとする冒険者達で賑わい、朝から活気づいている。

イオリ達は真っ直ぐに受付を目指し、馴染みのラーラに声をかけた。

「おはようございます。ラーラさん」

「おはようございます。イオリさん。昨日の報告ですね？　どうぞ」

イオリと双子はギルドカードを出すと依頼達成の報告を済ませた。

「依頼料はこちらを持っていって換金してください。討伐した魔獣には、まだ値がついていません。申し訳ありません」

「あっ、それはあとでも良いですよ。ギルマスを信用してますんで」

「ありがとうございます。本日は他にご用はございますか？」

「はい。この子の冒険者登録をお願いします。俺達とのパーティー登録も一緒に」

ラーラはニッコリ笑うと紙を出した。

「承知しました。こちらの紙に記入をお願いします」

ナギを下ろして双子に頼むと、イオリは記入を始めた。

記入が終わり、もう一度ナギを抱き上げ何をしたのかを見せると、ナギは理解して頷いた。

ナギが指をイオリに見せる。すると、イオリはラーラの顔を見た。

「嫌ですよ。イオリさんがやってください」

昨夜、登録方法を説明しておいたため、ナギは次に何が必要なのかが分かっている。

「……針ください。消毒してますよね？」

ラーラが苦笑しながら針を渡すと、イオリは眉を下げてナギの小さな指に針を刺した。

ナギは指からプックリと出た血をカードに押し当てるとニッコリと笑った。

「イオリ！　早く！　早く！」

スコルがピョンピョンと飛びながら、薄めたポーションが入った筒を取り出した。

イオリがナギの指を見せると、スコルがポーションをかけた。血が止まるとイオリをはじめとして全員、ラーラまでもがホッと息をついた。

ナギだけは平気そうな様子で、指をゼンに舐めさせている。

「はい。これでナギさんの冒険者登録とパーティー登録が終わりました。お疲れ様でした」

ナギは両手でカードを受け取ると、パァーッと顔を明るくしてイオリ達に見せた。

イオリと双子はニッコリして頷くとラーラにお礼を言った。

「サブマスが午後に伺うと思いますよ。昨日の調査に時間がかかったんで、帰ってきたのが早朝なんです」

「そうですか……分かりました。用事を済ませたら家に帰るので、いつでもお越しくださいとお伝えください」

イオリ達が受付から離れようとすると、大きな声が響いた。

「おいおい！　ここは教会の保育所じゃねーぞ！　ガキがウロウロすんじゃねーよ」

ナギを守るように双子が唸ると、罵声《ばせい》を飛ばした男は鼻で笑った。

「行くよ」

イオリが換金所に足を向けると、無視された男がイオリの肩を掴んだ。

「ガキのいる所じゃねーって言ってるだろうが！」

「ご親切にどうも」

頭を下げたイオリは再び足を進めた。

「やめてください！　ギルドの中ですよ！」

ラーラが間に入って止めようと声を上げた。

「そうだ！　やめろ！」

「子ども達に構うな！」

「朝からうるさいのよ！」

ギルド中で、男への怒号が響いた。

その間に、イオリはギルドのフロアにいる冒険者達に頭を下げ、換金所へ向かった。

イオリの後ろ姿を見つめていた男の肩を、鎧を着た剣士が叩いた。

「やめておきな。あの子達に危害を加えるとこの街じゃ生きていけなくなるぞ？」

先日までの働きにより、イオリ達はポーレットの冒険者ギルドで強者として認められていた。

さらに昨日の依頼で、イオリ達が活躍する姿を見たポーレットの冒険者達は、小さい子どもを連れた青年の秘められた力に畏怖と尊敬を持ち始めている。

そして、その冒険者達から噂が立ち、イオリ達一行を見守ろうという協定？　が冒険者の間で結ばれていたのであった。

15

ギルドを出て歩くこと数分。イオリ達はパウロ＆カーラの扉を開いた。

「まぁイオリさん。いらっしゃいませ」

「朝早くからすみません。実はこの子を家族に迎えまして、カップを購入しようかと思って来ました」

カーラはナギを見て顔を綻ばせた。

「あら、可愛いお客様ですこと。どうぞ、好きな物を見ていってください」

「みんな。お店の物には手を触れないよ。手に取りたい物があったら、カーラさんに見せてくださいって、お願いするんだよ」

「「はーい。ナギ行こう」」

双子はナギを連れてマグカップのエリアに行った。

「何だい？　イオリさんが来てるのかい？」

「朝早くからお邪魔してます」

パウロはイオリを見ると嬉しそうに近づいてきた。カーラは話が長くなりそうだと気づくと、子ども達の元に向かった。

「イオリさん！　来てくださって良かった。こっちに来て見てください。試作してみたんですよ。土鍋！」

パウロに工房まで引っ張られていくとイオリは感嘆《かんたん》した。

「かっこいい工房ですね……凄い」

薄暗い工房の壁一面に様々な材料が並び、反対側では数人の職人が作業をしていた。

奥には炉があるのか、工房内に熱気が立ち込めていた。

「ははは。ありがとうございます。さあこっちです！」

「お邪魔します！」

イオリの挨拶に職人達は笑顔で会釈してくれた。

パウロについていくと、4個の土鍋が並べられていた。

「うわぁー。もうここまで？　凄いです」

「いやー。初めはなかなかコツが掴めなくてね、割れてしまいました。まだ試作段階ですが、形になったのはこの4個です。一応、直火にもかけてみましたが割れる様子はありません。どうでしょう？」

イオリは様々な角度から土鍋を見ながら、パウロに驚くことを言った。

「正直、作るのは専門ではないんで細かいところは分からないんですが……土鍋は使うごとに丈夫になっていくんですよ。もちろん、使い手を選ぶところもあります。一番最初から直火にかけると割れる可能性もあるので多めの水でご飯を煮た方が良いとか、使い終わりにはしっかりと乾かした方がいいとか、使い方は分かるんですけどね……」

「鍋の使い方……？　鉄鍋だとそんなことを考えたことはありませんね」

「鉄だってしっかり磨かないと錆《さ》びますよ？　長く使うのなら大切に管理しないと」

なんてことないように言うイオリ。

パウロをはじめ、聞いていた職人達は嬉しそうに笑った。

イオリはその様子を見ながら言葉を続ける。

「土鍋は育てるっていう言い方をするんです。使えば使うほど丈夫になっていくんだそうです」

イオリは土鍋の完成を楽しみにしていると伝え、工房をあとにした。

「道具を育てる……俺達職人だけが使う言葉かと思えば、使用してくれる客が言うなんてな」

パウロが呟くと職人達が同意するように頷いた。

「大事なお客様だ。これを完成させよう」

職人達はあれこれと知恵を出して土鍋製作に尽力《じんりょく》するのだった。


「どうだい？　気に入ったの見つけた？」

熱気の立ち込める工房から出てきたイオリは汗を拭きながら、テーブルで紅茶を飲んでいた子ども達に声をかけた。

ナギは嬉しそうにピーンと腕を伸ばして、前の世界でキャンプ用品に使われていたチーフジョセフ柄で、緑色の小さなマグカップを差し出した。

「わぁ。可愛いカップを見つけたね。じゃあ、それにしよう。カーラさんお願いします」

「はいはい。じゃあお包みしますね。イオリさん、中は熱かったでしょう。ふふふ」

布を差し出されるとイオリは素直に受け取った。

「ありがとうございます。いやー、パウロさんや職人さん達はずっといるんですもんね。凄いですよ」

カーラは笑いながらマグカップを包んでくれた。

イオリはナギの代わりにマグカップを受け取り、腰バッグに入れた。

『引き続き、土鍋を作製いただくという我儘《わがまま》をお願いしてしまいました。よろしくお願いします』

「はい。お任せください。可愛いお客様達もまたいらしてね」

「「バイバイ」」

双子の挨拶を真似してナギも手を振った。

「さぁ、帰ろう」

「「帰ろう!!」」

『帰ろう!!』

イオリの差し出した手をナギはしっかりと握って、双子と一緒に歩き出した。

△　△　△

「「こっちだよー」」

ポーレットの畑エリアに子どもの声が響く。双子がジグザクに走りながら公爵邸へと続く道を走っていた。

畑で働く大人達がその様子を見て、ニコニコ笑って手を振っている。

「この畑はね。公爵様がポーレットの街と市民のために作ったんだよ。働いてる人にも感謝しないとね」

ナギはイオリに抱かれながら説明を聞き、辺りを見渡している。

「これぜんぶ畑？　あそこは？」

「そうだよ。全部だ。あそこは今、疲れた畑を休ませているんだよ」

イオリはナギに、不毛の畑に腐葉土を混ぜて休ませているエリアの説明をした。

ナギは分からないことも沢山あったが頷いていた。

「俺達の家は公爵家の裏にある木々の中だ。公爵様が貸してくれてるんだ」

そうして公爵家の門を潜《くぐ》ろうとすると門番がニッコリと笑い、イオリ達に挨拶してくれた。

「お帰りなさい。玄関でヴァルト様がお待ちですよ」

イオリは頷いて真っ直ぐに公爵家の屋敷へ向かった。

「ヴァルトさん達に報告してから、裏庭の家に帰るよ」

「「はーい」」

公爵家の玄関前では、ルチアとクロムスを伴ったヴァルト、トゥーレ、マルクルが一緒に待っていた。

「おかえり。待っていたぞ」

「「ただいまー」」

双子がヴァルト達に走り寄るのをナギはジッと見ていたが、結局イオリの肩に顔を埋めてしまった。

「ただいま帰りました。昨日はダンさんに泊めていただいちゃいました」

「そうだろうなと思っていた。で？　その子がナギか？」

「はい。ナギ。公爵様の息子さんのヴァルトさんだよ」

ナギはチラッとヴァルトを見ると小さい声で挨拶した。

「おはよう」

「あぁ、おはよう。昨日はよく眠れたか？」

ナギは小さく頷くと、またイオリの肩に顔を隠してしまった。

「あちゃー。やっぱりダメじゃんか！」

マルクルは頭に手をやり、困った顔をした。

「今、声出したのがマルクルさんで、髪が長いのがトゥーレさん」

またもやチラッと見ると挨拶をする。

「おはよう」

そして、そのまま戸惑った顔をしてしまうナギに、苦笑いしか出来ない大人達だった。

『イオリ。その子と話をさせてください』

ルチアの言葉で、イオリはナギを下ろした。

ナギはルチアにスンスンとされている間、時折微笑んでいた。

『ナギの笑顔が続きますように……』

ルチアの言葉と共に、ルチアからナギの体に小さな光が渡った。

『今のはただの祈りです。その光を大きくするのはあなた自身ですよ？』

ナギはルチアの説明を理解して頷いた。

「賢い子ですね。ちゃんと理解してから返事するなんて」

トゥーレが微笑んで言うとイオリは頷いた。

「出会った時からなんです。必ず時間をかけて考えるんです。分からない時に頷くことはないです。

ありがとうございます、ルチアさん」

「さぁ、庭に行こう」

「「わーい」」

ヴァルトの言葉で双子は喜んで駆けていった。

「お庭はこっちから行くんだ」

屋敷の脇道を進むナギが目にしたのは、色とりどりの花達だった。

「わー。きれいだねー。イオリ」

ここに来て初めてのナギの豊かな反応にヴァルト達は喜んだ。

「そうだろう。父と母の庭なんだ。イオリと庭師のボーを中心に、屋敷の者達で作ったんだぞ」

ナギは首を縦にブンブンと振ると、イオリから下りて花壇に近寄った。

双子がナギを案内して回っている間にヴァルトが言った。

「闇持ちのトロールの話を父上にも報告した。すぐに王都に手紙を送ってくださった。今、王都でも調べているところだろう。ギルマスも随分と無茶をしたようだ」

「何をしたんです？」

「夜の魔の森に入り、おそらくナギを運んでいた商人達であろう遺体の持ち帰りと、周囲の痕跡の採取をしたんだ。サブマスと数名の冒険者を伴って行ったらしい」

「無事なんですか？」

「あぁ、久々に魔の森に入って生き生きしていたそうだ」

「俺がちゃんと持ち帰っていれば良かったですね……」

ヴァルトはイオリの背中を叩いて笑った。

「今回、大きな被害がなかったのはイオリのおかげだ。あとの面倒事は大人の仕事さ。気にしなくて良いんだ。それよりも……」

ヴァルトはナギに向かって顎をしゃくり、言葉を続けた。

「引き取ったんだな？」

「はい」

「そうか。何か手伝えるか？」

「あの子は学ぶことを望んでいます。でも、俺の知識は偏《かたよ》っているから……」

頬を掻くイオリにヴァルト達は笑った。

「確かにそうですね。でも、イオリに学ぶことも多いと思いますよ？」

ヴァルトは、トゥーレの言葉に頷きながらイオリに提案する。

「そうだな。良い先生を知っている。のちほど紹介しよう」

「ありがとうございます。よろしくお願いします」

庭では、ボーを見つけた双子がナギをボーに紹介していた。

ボーは、固まっているナギに花の説明をすることで距離を縮めようとしているらしい。

イオリが会釈をすると、ボーは帽子を取って挨拶を返した。

「そういえば、ナギの父親の手紙に書いてあったな。植物を芽吹かせることが出来るって……好きな植物に囲まれて、少しは安心してくれれば良いが……」

ヴァルトの言葉に頷くイオリ達だった。


綺麗なガーデンを抜けた先には大きな木々がそびえ立っている。

双子はスイスイとその中に入っていった。

「ナギこっちー」

「こっちー」

ナギは双子の後ろを一生懸命についていった。

開けた場所に、テントと石で組み立てられた、ナギにとってはよく分からない物があった。

「ここがウチだよ」

後ろから聞こえたイオリの言葉にナギはニッコリと頷いた。

「この石は料理に使うんだ。あっちのテントを覗いてごらん？　入る時はブーツを脱ぐんだ」

ナギは双子に手を引かれて中に入っていった。

「本当に可愛い子だな。ところでイオリ、これはいつ使えるんだ？」

「もう使えると思いますよ？　今日にでも火入れをしましょうか……？」

「「したい!!」」

ヴァルト達は勢いよく答えた。

「イオリ!!　大変!!　おウチが変だよ？」

大人達を吹き飛ばすような勢いの声で双子が反応した。

「…………えっ。また……？」

イオリは急いでテントに入ると愕然《がくぜん》とした。

家の中にブランコと滑り台が設置されていたのだ。

「リュオン様……」

イオリの呟きに反応したのはルチアだけだった。

『イオリ……リュオン様は随分と楽しい方なのですね？』

「ハハハ……」

苦笑いをしたイオリの頭には、サービスだと笑うリュオンの姿が思い起こされた。

後ろからついてきたヴァルト達も、遊具を見て驚いている。

「どうなってる？」

「分かりません……」

「ヴァルト、考えるのやめないか？　理解が追いつかない」

「マルクルに賛成です。考えても意味がない気がしてきました」

困惑する大人達を放って、子ども達は大喜びだった。

螺旋階段に沿うように設置された滑り台に、1階から地下にかけてロープで垂れ下がっているブランコ。まさに、子どものための改造だった。

よく見れば、部屋の大きさやベッドの大きさなど、他にも変わったところはあるのだが、驚きの度合でいえば遊具の追加には勝てそうにない。

「「遊んで良い？」」

「良いけど、約束をしよう。晴れの日の日中は外で遊ぶ。食事と寝る時間は守る。あとは……喧嘩《けんか》をせずに仲良く遊びましょう」

「『『はーい！』』」

双子とゼンは元気よく返事をする。クロムスとナギも手を上げて頷いていた。

「じゃあ、良いよ！」

「「「きゃーーーーー!!」」」

子ども達は嬉しそうに遊び出した。

テントに広がる子どもの声に、イオリ達は微笑んだ。


マルクルが子どもの世話を買って出てくれたので、イオリはテントを出た。

「イオリさーん」

ボーが所々ひび割れのある大きな丸太の輪切りを転がしてきた。

「これを手入れすればテーブルになりゃしませんか？」

「おぉぉぉ。良いですね！　ください！　作り直します」

興奮するイオリを見て、ヴァルトとトゥーレは苦笑した。

「イオリ。俺達は一度屋敷に戻る。ナギの先生候補《こうほ》にも声をかけないとな。それとな、アーベルが来てる」

「アーベルさん？　あぁ、大商人さん？」

「ふふふ。そうです。旦那様とニコライ様は、最初の段階ではまだイオリを会わせる気はないようです」

イオリは少し疑問に感じながらも、トゥーレの言葉に頷いた。

「よろしくお願いします。必要になったら声をかけてください。それと！　今日はテーブルを作ったあとで夕飯も作るんで、是非、顔を出してください」

「楽しみだ」

ヴァルトとトゥーレは庭を抜けて屋敷へ戻っていった。


しっかり2時間後。

「ひゃー。こんなピッタリなテーブルよく出来ましたね。この辺の木の継《つ》ぎ目なんて見事なもんです」

ボーは出来上がったテーブルに感嘆の声を上げた。

「この辺は木と木を蝶々《ちょうちょう》みたいな形に切断した木で繋ぎ合わせてるんですよ。釘とか使わないんで安全です。何とか丸くなりました……」

元の世界で言うところの、寄木《よせぎ》のような技術だ。

「釘を使ってないんですかい？　何とも、また魔法のような業《わざ》を使いましたね」

「魔法じゃないです。技術ですよ」

「いやいや、これは本当の魔法でも出来ない。イオリさんだけの魔法ですよ」

ニッコリ笑うボーの言葉に、イオリは顔を赤くした。

「そいじゃ。オイはこれに合う、手頃な小さい丸太を持ってきます」

「えぇ！　いいんですか？」

「良さそうなのが沢山あるんですよ。椅子として使えます」

ボーの言葉に甘えるとイオリはテントに入り、子ども達に声をかけた。

「そろそろ、お昼ご飯にするよー」

「「はーい」」

元気の良い声と共に子ども達が階段を駆け上がってきた。

後ろからはクタクタになったマルクルが苦笑いをしながら現れた。

「マルクルさん……すみません」

「いや、楽しかった。子どものパワーは凄いな。イオリの言いつけ通り、仲良く過ごしていたぞ」

「そうですか。マルクルさんもお昼をどうぞ」

「いや、ヴァルトの元に戻らなければならない。クロムス行くぞ」

クロムスは名残惜《なごりお》しそうにイオリにすり寄ってきた。

「夕方にまたヴァルトさん達が来るんだ。クロムスもおいで。一緒に夕飯を食べよう」

クロムスは興奮気味にイオリにしがみついた。

「じゃあ、俺もその時にお邪魔する」

マルクルはクロムスを肩に乗せて帰っていった。

イオリはスコルと一緒にお昼の準備を始めた。

今日のメニューはシチューの余りと硬いパンだ。

焚き火でそれらを温めていると、ボーが丸太を持って現れた。

イオリが作ったテーブルは、イオリには低く、ナギには少し高い。それぞれに合うちょうど良いサイズの丸太を、イオリ達はテーブルを囲むように置いた。

「ご飯食べるとこ出来た！」

「出来た！」

双子とナギが喜んでいた。

「良いですねー。ボーさんありがとうございます。ボーさんも昼食を食べていってください。余り物しかないですけど……夕飯は頑張ります」

「お言葉に甘えます。イオリさんのご飯は美味しいですからね」

ボーは顔を綻ばせながら、作りたての椅子に座った。

「みんな。午後からは石窯を使うよ。手伝ってもらうからね」

「「「はーい」」」

イオリのご飯を初めて食べたナギは、ニッコリしながら硬いパンをシチューに浸した。

イオリはやっと手に入れたテーブルと椅子に満足して、夕飯の準備に向けて午後の行動のシミュレーションを始めた。

イオリ達が昼食を楽しんでいる一方、公爵邸の中では大人達の議論が繰り広げられていた……。

16

遡《さかのぼ》ること、数時間前。

朝方に、ある集団が公爵邸を訪れていた。

「よく来てくれたな、アーベル。久しいな」

「お久しぶりでございます、テオルド様。暇《ひま》にしておりましたので、お手紙を拝見して、すぐに出てきてしまいました」

「元気そうで何よりだ。危ない時期に呼んだようで、すまないな。冒険者ギルドのおかげで魔の森の危険も去ったようだ。安心してくれ」

「それは、ようございました。冒険者達には世話になり、また面倒もかけました。のちほどギルドにお礼をしておきましょう」

テオは、アースガイル一の大商人――アーベルと従者達を応接室まで案内する。

廊下では長男のニコライも待っていた。

「久しぶりです、アーベル。ようこそポーレットへ」

「お久しぶりです、ニコライ様。王太子殿下の誕生日に王城でお会いした以来ですな」

2人はにこやかに握手を交わした。

客人を部屋に招くとテオは席を勧めた。

「先に紹介させてください。又甥《またおい》のバートです。息子に全てを譲ったあと、暇をしている私の相手をしてくれてましてね。今回も同行させました。よしなにお願いいたします」

アーベルがそう言うと、バートと紹介された若い男性が頭を下げた。

「初めてお目にかかります。グラトニー商会では会頭の手伝いをしておりました。バートと申します。今回は大叔父《おおおじ》がポーレットに行くと言うので同行して参りました。よろしくお願いします」

「現公爵のテオルドだ。初めてのポーレットかな？　楽しんでくれ」

「長男のニコライだ。あとで弟のヴァルトも紹介する。よろしく頼む」

4人が席に着き、それぞれの従者達も定位置につくと、執事クリストフが紅茶とお茶請《ちゃう》けを置いていった。

「ほう。良い香りですな」

アーベルはイオリ特製のブレンドティーの匂いを嗅いだ。

「最近、妻が気に入っていてな」

テオはニコリとして紅茶を口にした。

「それで、王都の話を聞かせてくれ。なにぶん離れているので噂話に疎《うと》い」

「ははは。まさか！　誰よりも早くお知りになるでしょうに」

「いやいや。近くで見ている者の話を聞く方が実りがある」

テオとアーベルの初手の攻防を気にせず、ニコライはバートに視線を送り、笑いながら紅茶を口にし、お茶請けに出されたクッキーを食べた。

バートはニコライが口にした物をチラリと見た。

とはいえ、商人一家に属する男。その菓子が気になっていることを露《つゆ》ほども悟《さと》らせない。

何気なく手に取り、半分に割って口にするとゴホッと咳き込んでしまった。

「失礼」

バートは食べたことのない甘味に驚いた。続けて紅茶を口にする。

紅茶の苦味とクッキーの甘さが相まってか、いつもの紅茶以上の香りが鼻腔《びこう》に抜ける。

その様子をニコライの後ろにいたエドガーは見逃さなかった。

「主人。クッキーを追加しますか？」

エドガーがニコライに聞くと、思わずバートは反応してしまった。

「これはクッキーというのですか？　珍しい物ですね」

「あぁ。これか？　これも、母が最近気に入っている菓子だ」

ニコライが答える。

「随分と奥方は新しい物がお好きなようだ」

アーベルがテオに話しかけた。

「この歳で、新しい物に出会うことは少ないからこそ、楽しいのだ。妻もそうなのであろう」

テオの言葉にアーベルは微笑みながら頷いた。

「遅れて申し訳ありません」

そこに、ヴァルトが従者と従魔を伴って現れた。

「これはこれは、アーベル。お久しぶりです。お元気そうで何よりです」

「ヴァルト坊っちゃまにおかれましてもご健勝のご様子。嬉しい限りです」

「坊っちゃまはやめてくれないか……お隣の方は初めてだな？」

「はい。又甥のバートと申します。ヴァルト様、よろしくお願いいたします」

ヴァルトは頷くとニコライに声をかけた。

「兄上。クッキーを食べているんですか？　クリストフ！　私にもくれ」

「かしこまりました」

「今まではどんなお話を？」

ヴァルトが入ってきたことで、部屋は一気に砕けた雰囲気になった。

「新しいお菓子のお話です」

ヴァルトの問いにバートが微笑んで答える。

それを聞いたヴァルトは頷いた。

「あぁ、菓子な。どれだ？　クッキーか？」

「他にもあるのですか？」

「まぁな」

「どんなも……」

「ゴホッン」

バートのあまりの食いつきに、アーベルが止めに入り、話を切り替える。

「それにしても、ポーレットには随分と元気の良い冒険者がおりますな」

「ほう。どの者であろう？　分かっていると思うが、ポーレットは魔の森があるゆえに優秀な冒険者が集まる」

アーベルはテオの核心を掴ませない話しぶりに、焦《じ》れったさを感じていた。

いつもの歯切れの良いテオではない。

冷静なニコライと天真爛漫《てんしんらんまん》なように見えるヴァルトに、バートが転がされていることもアーベルにとっては気にくわない。

もうここは諦めて、本題を聞くべきだ。

「テオルド様。なぜ私をお呼びになりました？　茶番《ちゃばん》を繰り広げるためだけではないでしょう？」

テオはニヤリと笑うと、心の鎧を剥《は》がしたかのように話し始めた。

「何だ？　歳を取ったな？　もう降参か？」

ハハハと笑うテオに対して、アーベルは苦虫を噛み潰したような顔をした。

「決して儲け話ではないのだ。とはいえ、話を聞いてアーベルが儲けに走ろうが、我らには止めようがない。ただ、今後一切の付き合いをやめることになる」

テオの流れるような言葉にアーベルは固まった。

「それは……長年のお付き合いを吹き飛ばすようなことだと？」

「まぁ、そうなるな。そうならないように願っているが……」

アーベルは公爵家の面々の顔を見て、冗談ではないことを悟った。

この話に乗るべきかどうか、アーベルは長年の経験から答えが出ていた。

「面白いですね。テオルド様がそのような顔をするのはアノ時以来ですか？　何に出会われました？　何をお知りになった？　長年グラトニー商会をまとめてきた元会頭である、不肖《ふしょう》、アーベルが全てをお引き受けしましょう」

「話を詳しく聞かなくていいのか？　他にもお前を驚かせる話題を用意しているぞ？」

「何でしょうね……首筋がウズウズします。そういう時は、逃しちゃいけない出会いがあるのですよ。絶対に……」

「もう一度言っておく。これは、儲け話ではない。ポーレットの民のための話だ」

ポーレット公爵家の応接室にて行われていた会談も大詰めを迎えた。

アーベルはそのことをしっかりと理解していた。

テオが告げる。

「私達は幸運にも高級ハチミツと同等の〝砂糖〟なる甘味料を製造する方法を得た。それを、ポーレットの畑人達に作らせたい」

「製造法？　それは……」

「高級ハチミツの原材料よりも入手しやすく、簡単に製造出来てしまう。お前の目の前の菓子にも使われている」

「なんと……頂きます」

アーベルは疑問を浮かべながらもクッキーを口にした。

「見事なものですな……王都でもこのような物は手に入りません。先ほど、ヴァルト様は他にも何かあるように言っておられたが？」

アーベルは顔をヴァルトに向ける。

「あるよ。砂糖もだが、調理の仕方も見事だろう？」

ニッコリ笑うヴァルトにアーベルは頷いた。

「で？　これらを公共事業にすると？　公爵家の利益にしないで？　全てですか？」

疑いの目を向けるアーベルに苦笑するテオ。

「これら全てを伝えてくれた者がいる。その者の願いなのだ。公爵家が公的に扱い、貧しい者や子ども達のための社会奉仕に使えと」

「公爵家では、それを良しとすると？　その者は公爵家を利用しようとしているのでは？」

「わははは。それならば、利益を得るのが手っ取り早い。あの者は、そんな小物ではないよ。もっと大きなものを欲しがっておる」

「なんですか？」

「自由だ。政治にも商売にも巻き込まれずに、自由に生きることを願っているのだ」

「それはなんとも……面白い御仁《ごじん》ですな」

テオは微笑みながら言った。

「私がなぜ手を貸すか？　それは、あの者を好きになったからだ！　優しく純粋で……見ていて気持ちがいい。富や名誉《めいよ》を得ようとするばかりの社会に生まれ育った我々には、眩《まぶ》しいほど清々《すがすが》しい」

「テオルド様がそこまでおっしゃる御仁に私も会ってみたいですな」

ヴァルトはテオに目を向けながら、アーベルに話しかける。

「私は今日、夕飯に招かれてます。一緒に行きますか？」

「なんと！　よろしいのですか？」

「あとで伝えておきます。ただ、会食などとは思わないでいただきたい。野外で食べますので」

「突然人が増えて驚かれるでしょうか？」

バートの言葉にヴァルトは笑った。

「まぁ、この人数が来るなら早く言えと怒るかもな」

「それはないだろ。少し困るくらいさ」

ヴァルト達兄弟の会話の意図を読み取れないバートは、首を傾げるしかなかった。

「それで？　その御仁が、砂糖とやらの製造は公爵家が管理し、製造販売までしろと？」

「あぁ。その代わり、菓子などの調理方法は商業ギルドに登録すると言っていた。そうすれば、あとは勝手に市場が新商品を考えていくだろうと」

「ハハハハ。ポーレットの食文化を変えるおつもりか！」

「そのつもりだろう。あの者は、自分にとって普通のことに価値がつくなんておこがましいと思っているのだ。他にも色々とあるぞ」

「なるほど、それを私に手伝えとおっしゃるのか。自分が自由を得るために？　ふふふ……全く欲張りな人だ」

アーベルは豪快《ごうかい》に笑った。

「まぁ、会って自分で見極めろ。国一番の目利《めき》きのお前なら、一体どう思うのだろうな」

△　△　△

その頃、当のイオリは、腰バッグから出てきた見知らぬ8本のカラビナ付き水筒を鑑定して、絶叫《ぜっきょう》していたのだった。

「何でーーーーーーー!?」

イオリは、今晩のメニューを決めるため、持っている食材を確認しようと腰バッグを漁《あさ》っていた。

そんな折、知らないカラビナ付きの水筒があることに気づいた。

「何だろう？　これ……」

イオリは不安な面持ちのまま鑑定し、その結果に叫ばずにはいられなかった。

水筒・緑：　庵の水筒を模倣《もほう》。中身は泉の近くに湧《わ》いている美酒《びしゅ》。無限に出る。
水筒・赤：　庵の水筒を模倣。中身は赤葡萄《あかぶどう》で出来た美酒。無限に出る。
水筒・白：　庵の水筒を模倣。中身は白葡萄で出来た美酒。無限に出る。
水筒・橙：　庵の水筒を模倣。中身はもち米で出来た美酒。無限に出る。
水筒・藤：　庵の水筒を模倣。中身は果実酒《かじつしゅ》で出来た美酒。無限に出る。

水筒・紺：　庵の水筒を模倣。中身は米で出来た美酒。無限に出る。
水筒・蒼：　庵の水筒を模倣。中身はもち米と蒸留酒《じょうりゅうしゅ》で出来た美酒。無限に出る。
水筒・黄：　庵の水筒を模倣。中身は麦で出来た美酒。無限に出る。

「嘘だね……まさかこれって」

匂いを嗅いだイオリの叫びが響いた。

「日本酒！　赤ワイン！　白ワイン！　何でこんなことに……こっちはもち米って？　紹《しょう》・興《こう》・酒《しゅ》!!　中華料理が出来るな。果実酒は何だろう？　ブランデー!?　で、こっちは、なんで米焼酎《こめしょうちゅう》とみりん？　麦の美酒はやっぱり……ビールだぁぁぁ」

情緒《じょうちょ》不安定なイオリを、ゼンに隠れた双子とナギが遠くから見ていた。

『大丈夫。あれが終われば普通に戻るから』

「ゼンちゃん……まさかだけどさ」

スコルがゴクリと唾《つば》を呑んだ。

『うん。あの感じのあとのイオリは美味しい物を作る!!』

「「ひゃーーーー」」

「ひゃー」

ゼンの言葉に双子とナギが喜んだ。

「どうした？　一箇所に固まって」

子ども達の後ろからボーが声をかけた。

「「ボーさん！　イオリが暴走中ー」」

「ぼうそうちゅー」

子ども達の言葉を聞いてボーはイオリに目をやると、眉間にシワを寄せた。

「あれは……何してんだ？」

「料理のことに夢中になるとイオリはああなる」

スコルはイオリを指差して、真剣な顔をした。

「……だははは！　そうかい。そうかい。じゃあもう少し放っておきな。多分必要になるだろうから、小枝を集めておいで。石窯に火を入れるって言ってたから」

「「はーい」」

子ども達はイオリを横目に小枝を拾い始めた。


しばらくして意識を戻したイオリは自分の周りに集まった小枝に気づいた。

「あれ？　みんなが拾ってくれたの？」

「「うん！」」

「助かる!!　じゃあ、初めに火入れをしよう。石窯の中の木を燃やすんだ、燃え尽きると中に空洞が出来るから、そうしたら料理に使えるよ」

そう言いながらイオリが石窯の中に木を並べると、子ども達は中を覗いた。

「これを燃やすの？」

ニコニコとパティが振り返った。

「そうだよ。見ててごらん」

ナイフで木を削って木屑《きくず》を作り、乾燥した落ち葉と共に石窯に入れた。

魔道具であるコンロで綿《めん》を燃やすと、落ち葉の中にそっと入れた。

「ゼン、優しい風を送って」

『任せて！』

魔の森での生活で火起こしに慣れているゼンは風魔法で風を送っていく。

ボッ!!

木枠に火がつき始めるとイオリはゼンに火の番を頼み、子ども達と一緒にテーブルに移動した。

「次はパンを焼いていきます。みんなも手伝ってね」

「「はーい」」

「しまった！　手を洗ってこなきゃ！」

みんなで水場に行くと、トゥーレがやってきた。

「皆さんお揃いですね？　イオリ、頼みがあるのです」

「何ですか？　今晩のことですか？」

「えぇ。客人も夕食に迎えて欲しいのです」

「もしかして、大商人さん？」

「そうです。こちらの願いを聞いてくれるようです。今回の話の中心人物に会いたいと。イオリのことを知ってもらうには、屋敷よりも外の方が良いだろうとヴァルトが言っていました」

「なるほど……分かりました。今、石窯の火入れをしてるんですよ。満足していただけるか分かりませんが、出来ることをやってみます。俺としてはナギの歓迎会のつもりなので、そこは気にかけていただけるとありがたいです」

「それは伝えます。ありがとうございます、ではのちほど参ります」

「「トゥーレ、もう行っちゃうの？」」

「えぇ、お客様が来ているんです。またあとで来ますね」

「「うん。イオリと美味しいの作るよ！」」

双子の言葉にトゥーレは微笑んで頷いた。そこへ、ナギが声をかける。

「じゃあ、作っていくよー」

「「はーい」」

イオリは底が浅い鍋に小麦粉、少量の砂糖、ひとつまみの塩を入れた。

「これでパンが出来るの？」

パティが聞いてきた。

「そうだよ。それと……」

イオリは大きな瓶を腰バッグから出した。

「これは、葡萄で作っておいた酵母菌《こうぼきん》だよ。パンの生地に入れると、いつもより柔らかいパンが出来るよ」

子ども達はキラキラとした目で瓶を見ている。

イオリは鍋に酵母を入れ、同時にぬるま湯も入れた。

「初めは少し熱いから俺がやるね」

鍋の中で生地が姿を変えていくのを、子ども達がそれぞれの気持ちで見ていた。

スコルは作られていく過程に驚き、パティは空腹を感じ、ナギは粉から塊《かたまり》になるという変化を純粋に楽しんでいる。

イオリはそれぞれの顔を見ながら微笑んだ。

「じゃあ、ここからはみんなにやってもらうよ。スコル。これをもっとこねていって」

「はーい」

「2人にもやってもらうから、他の鍋に同じ物を作るよ」

「「はーい」」

それからしばらくの間、イオリ達はパン作りに没頭《ぼっとう》した。

17

「あとはこねた生地をお休みさせて、石窯で焼くよ。少し休憩しよう。手を洗っておいで」

「「わーい」」

「ゼン、調子どう？」

イオリが石窯を見守っていたゼンに近づいた。

『大体燃え切ったよ。これで良いの？』

覗いてみると満遍《まんべん》なく火が回っていた。

『良いね。今日は火を落とさずにいよう。レンガの水分を飛ばすんだ』

イオリは小枝や薪を入れて、石窯の火を絶やさないようにする。

「ゼンもお疲れ様。休憩にしよう」

イオリがプリンと果実水を出すと、子ども達とゼンは大喜びで食べ始めた。

ナギは初めて見る食べ物にキョトンとしていたが、スコルに食べさせてもらうと頬を緩ませていた。

その間にイオリは寸胴を出した。中には、以前作ったブイヨンで煮た牛のスネ肉が入っていた。

指で突っつくとすでに柔らかい。

コンロに火をつけてそれを再び煮込み始めた。

今回のブイヨンには、余った野菜の他にリンゴ、玉ねぎ、トマト、炒めたセロリ、ニンニクなどの香味《こうみ》野菜を追加した。ローリエ、ナツメグといったハーブやスパイスも入れて煮ていく。

それを濾《こ》してスープにする。

別の寸胴でバターを溶かし、小麦粉を入れ、先ほど作ったスープを少しずつ足していく。

しばらく煮ていくと表面がクツクツとしてきた。

イオリは赤ワインを足し、ニヤリとした。

寸胴の中身がトロトロしてくると醤油と塩胡椒で味を調《ととの》えていった。

「うん。こんなもんだろ」

寸胴を焚き火場の端に移動して、弱火で煮ていく。

「イオリー。これ何？」

「ブラウンシチューだよ。この間はホワイトシチューだったろ？　今度のは茶色いんだ。美味しいよ」

寸胴を指差すスコルにイオリは答えた。

「楽しみだな♪　楽しみだな♪　ねー。ナギ」

パティの笑顔にナギが頷いた。

「さぁ、次は……唐揚げも作っとこうか」

イオリは切った鶏肉を鍋に入れて、スコルに渡した。

「醤油、酒、ニンニクとジンジャーを潰した物を混ぜるんだ。やってごらん」

スコルは頷き、言われた分量を入れていく。すり鉢でニンニクを潰すとナギが逃げていった。

「あはははは！　生は臭《くさ》いんだけど火を通すと美味しいよ。あとで試してみて！」

イオリとスコルはナギの反応に笑った。

イオリは、今回は小麦粉と片栗粉《かたくりこ》を混ぜてみた。

「これで、食べる直前に油で揚げよう。スコルも頑張ったから、きっと美味しいよ！」

「うん！」

スコルは満面の笑みで頷いた。

「イオリー。木が足りないよ？」

ゼンと一緒に石窯を覗いていたパティが教えてくれた。

「どれどれ？　本当だ。よく見ていてくれたね」

薪と小枝を足していく。

「今日のご飯は双子が狩ったものだ。パティが解体したのをスコルが調理してくれた。パンだってみんなで作ったんだから絶対に美味しいよ！　ヴァルトさん達の他にもお客さんが来るんだって。楽しみだね」

「「うん！」」

その後の時間は石窯の中を綺麗にして子ども達とパンを焼いていった。

しばらくするとパンのいい匂いが周囲に広がり、イオリ達は微笑んだ。

△△△

日が傾き始めた頃、屋敷で話し合いを重ねていた大人達が庭に出てきた。

「これは……美しい。見たこともない庭だ。数多《あまた》の貴族の庭を見てきましたが、こんなに美しく独創的なのは初めてです。素晴らしい庭師をお持ちだ」

「そうであろう。この庭は私達夫婦の宝だ。庭師をはじめ、息子達、使用人、畑人達が尽力して作り上げてくれた。しかし、この花壇なる案を出したのはかの者なのだ」

「なんと！　……その御仁は庭にも精通されているのですか？」

ヴァルト達兄弟は笑いながら言った。

「『こうしてみたらどうですか？　ああしてみたらどうですか？　こっちの方が楽しいですね』と言うんだ。いつも、アイツに振り回される」

「そう言う兄上も楽しそうにしているではないですか」

ニコライの言葉を聞きながら、公爵家の面々は目を細めて庭を見た。

「土地柄、ここに庭など作れるはずもなかったのに見事やってしまいおった。みんな、あの者に惹《ひ》かれていくのだ。ニッコリ笑うあの笑顔に……ふふふ」

（実に興味深い……）

アーベルはポーレット公爵家のことをよく知っている。そもそも、アースガイルでポーレット公爵家を知らない者などいない。

国王と対等に意見し合い、何よりも信頼されている一族。王国の剣、盾となり、何者にも弱みは見せない。

そんな公爵家の中枢《ちゅうすう》に影響を与え、知ってか知らずか癒やしさえもたらした人物。

（どんな御仁なのやら……）

アーベルの興味は尽きない。

「先ほどから、いい匂いがしますね？」

バートが呟いた。

「案内しよう。晩餐のような物は期待するなよ。とはいえ、美味い物を用意してくれているだろう。……二度と貴族の料理が食えなくなるぞ」

ヴァルトは笑いながら歩き出した。

バートは困惑の表情をアーベルに向けると、ヴァルトを追いかけた。

アーベルの視線の先にある木々の奥から、子ども達の声が響く。嗅いだことのない、いい匂いに引き寄せられていく。

（ここは、妖精の国か？　夢か幻《まぼろし》か？）

アーベルが光の中に足を踏み入れると、目に入ったのは……ヴァルトと戯れる子ども達の姿だ。真っ白な狼とカーバンクルが踊るように飛び跳ね、それを椅子に座った大男がニコニコ眺めていた。

そして、何よりもアーベルの視線を奪ったのは、料理をしている青年だった。

「あの子は……!!」

「アーベル。紹介しよう、彼がイオリだ」

テオの言葉にアーベルは笑顔を見せた。

「来たぞ、イオリ。美味い物食わせてくれ」

「いつもと同じものですよ？　まぁ、子ども達にも手伝ってもらったんで美味しいでしょうけど」

イオリとヴァルトは笑顔で話していた。

「イオリ！　以前言っていたアーベルだ。紹介したい」

「あれ？　テオさんも来たんですか？　足りるかな……」

「おいおい！　私だって楽しみにしていたのだぞ！」

「ははははは。足りなきゃ何か作ります。アーベルさん、はじめまして。イオリです。よろしくお願いします」

イオリは鍋をヴァルトに任せるとアーベルに近づいた。

「いや、初めてではない。昨日の朝に会っている。魔獣に襲われていたところを助けられた者だ」

「あぁぁ！　本当ですね。無事にポーレットに着けて何よりです。ご一緒にいた方の傷は大丈夫でしたか？」

「あぁ、こちらに……オーケ」

アーベルは大きな体の従者を手招きした。

「このように無事だ。あの時はロクな礼も出来ずにすまなかったね。ありがとう」

アーベルが頭を下げると、グラトニー商会の面々も頭を下げた。

「ご無事なら良いんですよ。それに仕事です。お気になさらず」

イオリはニッコリと笑った。

アーベルがイオリの笑顔に釣《つ》られるように笑うと、テオが口を開いた。

「なっ？　この笑顔にやられるんだ」

続けてバートが挨拶をした。

「はじめましてイオリさん。アーベルに同行してきました、又甥のバートと申します。先ほどのオーケと従者であるロニーと共にお邪魔いたします」

「はじめましてイオリです。従魔のゼンに双子のスコルとパティ、そしてナギです。どうぞよろしく。公爵様に甘えさせていただいて、ここに住んでいます。何もない所ですが、どうぞゆっくりなさってください」

イオリが紹介すると双子は頭を下げ、ナギはイオリに抱きついて隠れてしまった。

イオリはテオとニコライにも、ナギを紹介した。

「まだ、人が怖いようで。すみません」

「徐々に慣れれば良い」

「ここが、ナギにとって安全な場所だと知ってくれれば嬉しい」

2人はナギに微笑みかけた。

「さぁ、皆さん座ってください。温かいうちに食べましょう。双子も手伝って！」

イオリ達は、シチューとサラダとパンを渡した。

「まずはどうぞ、食べていてください。唐揚げもこのあと出しますよ」


「「「いっただきまーす」」」

子ども達は迷わずにシチューを口に入れると悶え始めた。

「「「ん〜。おいし〜！」」」

その反応を見て大人達も食べ始めると、驚きの声が響き渡った。

「美味い！」

「口当たりもいいし匂いも素晴らしい！」

「これは何だ？」

「お代わり！」

「はいはい。いっぱいあるんで落ち着いてください。これは、牛のスネ肉で作ったシチューですよ。出汁《だし》が出ていて美味しいでしょう」

「スネ肉⁉　硬くて食べられたもんじゃない、あのスネ肉？」

バートの言葉にイオリは笑った。

「もったいないじゃないですか？　骨がついていると煮込めば出汁が出るんですよ。それに時間をかければ、柔らかく、美味しく食べられますよ。美味しいでしょ？」

イオリの顔を見てアーベルは頷いた。

「もったいないか……」

イオリはナギに近づきパンを渡した。

「シチューに浸さなくても柔らかいから、食べてごらん」

ナギは言われた通り、そのまま口にすると顔を綻ばせて頷いた。

「おいしー。ふわふわしてる」

「何⁉　パンが柔らかい？」

ヴァルトはパンを食べ始めた。

「本当だ！　何でだ？　こんなの食べたことがない！」

大人達はこぞって驚いた。

「ふふふ。こういうのもいいでしょ？」

イオリは焼きたてのパンを次々とテーブルに載せていった。

「今日は、田舎パンという意味を持つ、カンパーニュという物を子ども達と作りました。やっと作れましたよ」

グラトニー商会の面々はイオリの多才さに驚いた。

「長年、王都でありとあらゆる商売をしてきたが、見たことがない物ばかりだ。イオリ君は、どこからこの技術を？」

アーベルの問いに、イオリはいつも通り答えた。

「俺は田舎出身です。田舎には何もないから、祖母が俺の我が儘を叶えるために色々と考えてくれたんですよ。祖母は天才なんです」

公爵家の面々は笑いを堪えるしかなかった。

イオリとゼンはクロムス、ルチア、デニのカーバンクル家族の元に行った。

「足りてますか？　欲しいものは？」

『美味しい！　もっとシチューちょうだい！』

『大満足です！』

『うん。美味だ。イオリは凄いな』

クロムスは口いっぱいに料理を詰めて皿を差し出してきた。

「ふふ。待ってて、唐揚げも出来るから」

みんながパンとシチューに夢中になっている間にイオリは唐揚げを揚げていく。

当然、唐揚げも大好評のうちに、食事会はお開きとなった。


一緒に食べていたボーの膝の上で思い思いに寝始めた子ども達を、トゥーレとマルクルがテントに連れていった。

その様子を、グラトニー商会の面々は興味深げに見ていた。

「魔道具のテントですか？」

バートの問いにイオリは頷いた。

「譲られた物なんで入手先は分かりません。重宝《ちょうほう》してますよ」

イオリは1人、残った物を食べていた。

「悪いな。押しかけといて先に食べて」

マルクルの言葉に、イオリは微笑みながら首を横に振った。

「皆さん。満足しました？」

「あぁ。お腹いっぱいだ」

テオは微笑みながら食後のカモミールティーを飲んでいた。

「アーベルさん達も来てくれて、ありがとうございました。おもてなしが出来てなくてすみません。冒険者風情《ふぜい》と許してください」

「何を言う。結構な物を頂いた。ありがとう」

アーベルはテオに許可をもらうとイオリに聞いた。

「イオリ君。テオルド様に砂糖のことを聞いた。直接イオリ君の話を聞かせて欲しい」

「はい。いいですよ」

「本当に利益を自分のものにしなくていいのかい？」

「どのように聞いたか分かりませんが、砂糖の製造方法は俺が開発したわけではないんですよ。先ほども言いましたけど、俺は田舎育ちだから、何でも自分で作ることを教えられました。要は俺の技術は先人達の努力の賜物《たまもの》なんですよ。それを、俺の利益にするなんておかしな話です。でも、これを他の人のために使うことが出来るなら、教えてくれた祖父母も褒めてくれると思うんですよ。それに……いつでも砂糖が使えるなら楽じゃないですか！」

ニッコリ笑うイオリにアーベルは微笑んだ。

「そうか。自分の手柄ではないと言うのか……」

「そうですね。俺1人が得る利益ではありませんね。俺は冒険者だから、そっちで稼ぎますよ」

イオリの話を聞くと、アーベルはテオに頭を下げた。

「参りました。格別の出会いを頂きました。私にお声がけいただいたことに感謝いたします」

「手伝ってくれるか？」

「はい。こんなに楽しいことに参加しないわけにはいきません」

「俺は振り回すと思いますよ？」

イオリの言葉でアーベルが微笑む。

「望むところだね。なあ、バート」

「はい。お任せください。振り回されるのは得意なので」

アーベルとイオリの出会いで、ポーレットの街に急速な変化が訪れるのだった。

△　△　△

客人達を送り出し、ボーッとしているイオリの元へ再びヴァルトが訪れた。

後ろにはクリストフとエルノールが控えていた。

「今日は騒がしくてすまないな」

「いいえ。どうぞ」

イオリは空いた椅子を勧めた。

エルノールも座り、イオリに挨拶をする。

「こんばんは。遅い時間にすみません。お客人がいらっしゃるとお聞きして遠慮していたら、遅くなってしまいました」

「それは、こちらこそすみません。お待たせしました」

イオリはカモミールティーを差し出した。

「ナギが冒険者登録をして、イオリさんとパーティーを組んだと聞きました。ナギはどうしていますか？」

エルノールは同じエルフであるナギとイオリの出会いに感謝をしていた。

自分で引き取ることも考えていたが、イオリを信用しているからこそ、預けるという選択に納得したのだ。

「はい。まずナギに状況を教えてから、どうしたいかを聞きました。一緒にいたいと言ってくれたんです。双子とゼンとも仲良く過ごしています。双子は年上の自覚が芽生えたのか、ナギの面倒をよく見てくれていますよ」

「そうですか……でも、あの子は戦士になれない子で、戦いに向いてませんよ？」

「……そうですね。まだ、あの子が危険に晒《さら》されてしまう可能性はあります。だから、困難を乗り越えるための知識を、あの子には身につけて欲しいんです。基本的なことも、生き抜く知恵も、エルフのことも」

エルノールは眉を下げて微笑んだ。

「ありがとう……イオリさん」

イオリとエルノールの話し合いが一段落ついたと判断したヴァルトが話に入ってきた。

「それなら、ナギはこれからも、ここにいるということだな?」

「はい。よろしくお願いします」

頷いたヴァルトはクリストフを手招いた。

「じゃあ、ナギに基礎知識を教える先生には、クリストフを推薦《すいせん》する! 俺と兄上の先生をしていたという実績もある!」

イオリがクリストフに目を向けると微笑んで頷いた。

「お役に立てるかと」

「本当ですか? ありがとうございます! 俺じゃあ心許《こころもと》なかったんです」

「はい。お任せください」

『確かにイオリが一般常識を教えるのは不安だ』ということを誰も口にはしないが、それぞれの表情が物語っていた。

「サブマス。エルフのことをナギに教えてくださいませんか?」

「はい、もちろんです。私もナギと会えることが嬉しいです。それよりも、ナギは戦うことが苦手でも、エルフに備わっている魔法の力はあるはずです……使い方も私が教えましょう。間違って覚えれば周りが危険ですし、最悪、自分の体も傷つけます。その点もお任せください」

「よろしくお願いします」

イオリは立ち上がり頭を下げた。

「ナギは会話の内容を理解した時は、しっかりと頷きます。そういう子なんです」

その言葉にクリストフが反応する。

「賢い子ですね。坊ちゃん達の授業よりも楽になりそうです」

「おい！　私は優秀だったぞ！」

「はい。屋敷を抜け出す天才でございました」

クリストフに頭が上がらないヴァルトの様子に一同が笑った。

「そうだ！　イオリ！　マルクルが馬車売りがどうのとか言ってたぞ？　明日時間はあるかって」

「あります！　行きます!!」

イオリは手を挙げた。

「それなら伝えておこう。明日、迎えに来るだろう。良いのが見つかると良いな」

「はい！　楽しみです」

△　△　△

翌朝、身支度を終えた子ども達はテーブルに座っていた。

イオリはパンケーキを焼き、肉と野菜が載った皿に入れながら、子ども達に話しかけた。

「今日は馬車を見に行くよ！」

「馬車!!　行く！」

「いく！」

「さぁ、朝食にしよう」

そして、料理を頬張る子ども達に、昨日決定したこれからのことを話した。

双子はいつものことだからとニッコリ笑ったが、ナギは1人で知らない大人と勉強することに怯えていた。

「クリストフさんは優しい人だよ。ナギの知らないことを教えてくれる」

ナギは頷いた。

「うん」

「エルノールさん——ナギがウラギリモノと呼んだあの人が魔法の使い方を教えてくれる」

「うん」

「でも、もうウラギリモノじゃなくて、エルノールさんって呼ぼうね」

「……うん」

「大丈夫。俺達がいる。何があっても一緒だ」

「うん!!」

ナギの笑顔にほっとするイオリだった。

「でも……今日は馬車だ!!」

「『馬車!!』」

「ばしゃ！」

子ども達が笑顔を見せる中、全員で朝食をとった。


イオリ達を迎えに来たマルクルは整列して待っていた子ども達に苦笑した。

「じゃあ行くかい？」

「お願いします」

「『お願いします！』」

「します！」

イオリ達は揃って公爵邸を出発した。

18

「おーい。バルバルじーさん。連れてきたぞ！」

「マルクル！　そんなに大きな声を出さなくても聞こえるよ。ようこそ、お客様。馬車をお探しとか？」

マルクルに連れられてきたのは、屋台エリアを抜けた先にある広い倉庫だった。

修理中の物など何台もの馬車があり、部品も至る所に落ちている。

「お世話になります。イオリです。従魔のゼンと子ども達です」

すでにゼンと子ども達は馬車に意識がいってしまい、キョロキョロとしている。

「じーさん。イオリは子ども達と旅するための馬車が欲しいんだ。中古でちょうどいいのはないかい？」

「うん。聞いていたから取っておいたのがいくつかあるよ。こちらへいらっしゃい」

バルバルじーさんのあとについて倉庫を進むと、何もない広いエリアに出た。

バルバルじーさんの掛け声で、突然3つの馬車が現れた。

「ほぅら!!　ヨイショ！」

「うわ！　驚いた！　〝イベントリ〟ですね？」

「そうですよ。若い頃は旅をしてましてね。とあるダンジョンで、このイベントリを手に入れたんですよ。今では馬車屋ですが、他の馬車屋と違って広い敷地《しきち》を必要としないんで、愛用してます」

「ダンジョン？　名前は聞いたことがあります……」

バルバルじーさんの話に興味を持ったイオリに、マルクルが説明してくれた。

「不特定の場所に出現するんだ。入ると階層が分かれていて、魔獣が出る。最後のボスは化け物級に強いんだ。そいつを倒した報酬で何がもらえるかは分からない。宝を手にする者もいれば従魔を連れ帰った者もいる」

「へー。楽しそうですね」

マルクルは苦笑した。

「まぁな。その代わりに危険が伴う。体の欠損《けっそん》なんかもあるし、死ぬことだってある。パーティーが壊滅《かいめつ》だなんてこともよく聞くぞ」

「なるほどね……そんな凄い所にバルバルじーさんは行ったんですね？」

バルバルじーさんは笑いながら言った。

「若い頃の話です。そのせいで冒険者が出来なくなってしまった」

そう言って、片足を摩《さす》った。

「左足をやられてね……でも、馬車屋は私の天職だと知りましたよ。さぁ、どれがいいかな？」

明るく言うバルバルじーさんに微笑んで、イオリは馬車を見た。

（ゼン。どれがいい？）

イオリは声に出さずにゼンに尋ねた。

（んー。左のは小さ過ぎるからダメだね。右のは良いけど、高価に見えるね）

（それだと、無駄な争いに巻き込まれそうだね。じゃあ、真ん中でいい？）

（うーん。真ん中のはなんかなぁ）

「この真ん中のは、元々何に使われていたんですか？」

「あぁ、囚人《しゅうじん》を運ぶ馬車だったんです。この窓に鉄格子《てつごうし》がはめられていたんですが、私の所に来た時には取れていましたね。やっぱり、気になりますか？」

「んー。そうですね。左は小さいし、右は高級そうなので盗賊《とうぞく》とかに狙われそうだし……」

イオリが悩んでいると、バルバルじーさんはイベントリを漁り始めた。

「一応ね、他にもあるんだけども、随分と壊れているんですよ。見てみますかい？　元は良いから、直すよりも、使えるところだけ取って廃車《はいしゃ》にしようとしていたんです」

出されたのは西部劇に出てくるような幌馬車《ほろばしゃ》だった。イオリはそれに一目ぼれした。

「カバードワゴンと言われる型でしてね。元々は旅芸人が使ってたんですが、バトルウルフの群れに遭遇《そうぐう》して、逃げてる時にあっちこっちやっちまったらしくてですね。直すよりも、新しく買い替えたいと売りに出してきたんですよ。どうです？」

「良いですね……理想の馬車です」

イオリは再び声を出さずにゼンに相談した。

（ゼン。良いかな？）

（うん！　でも直せそう？）

（うーん。やってみるよ）

「これおいくらですか？」

イオリは満面の笑みを浮かべた。

「そうだね……修理代を入れたら……」

「あっ！　自分でやります！　部品とか売っていただけたらありがたいです」

バルバルじーさんは首を傾げた。

「自分でなさるんかい？」

「はい。挑戦してみます」

「変わったお人だ。じゃあ、廃棄寸前ですからね。本体の価格は、金貨2枚でどうです？　部品は別途お買い上げいただく形で」

「それでお願いします！」


その後、イオリはバルバルじーさんに相談しながら部品を購入していき、合計で金貨5枚と銀貨6枚を支払った。

「「この馬車？」」

双子はボロボロの馬車を見て不安そうな顔をしている。

「修理するから大丈夫！　自分で直した方が愛着が湧くだろ？」

双子とは違い、ナギはニコニコと笑っている。

「俺はもっとマシなのを選ぶかと思ったぞ……？」

マルクルはバルバルじーさんに囁いた。

「だから、お前さんの目は節穴《ふしあな》なんだ。あの馬車は元の骨格はしっかりしている。見た目に騙《だま》されるな。あの子は部品も立派な物ばかり選んでおった。本人は素人《しろうと》と言うが良い目をしている」

バルバルじーさんはマルクルの腰を叩きイオリに言った。

「分からないところは相談しに来ると良いですよ。相談なら無料で聞きましょう。あとは、馬車を引く馬ですかね。業者を紹介しましょうか」

「ありがとうございます。でも、まだ良いです。出来上がったらお願いします」

こうして、目標だった馬車は手に入った。

わけだが……。

「キラキラしたのが良かった」

「旅中《りょちゅう》に盗賊とかに狙われるだろ？」

「速そうなのが良かった」

「速さを追求すれば小さいのになるだろ？」

双子は不満なのかブツブツ言っている。

「任せてよ。変なのは作らないから」

「「うーん」」

『2人とも、イオリを信じて？　今までも凄かったでしょ？』

「「うん。分かった……」」

渋々という感じだが双子は納得してくれた。

「帰りながら、屋台を見て回ろう。必要な物があるし、美味しいものを食べよう」

「「わーい」」

一気に双子の機嫌が直ってしまった。

「大変だな？　ふふふ」

「マルクルさん。ありがとうございました。良い買い物が出来ましたよ」

「そうか？　俺は本当に、もっと良いやつ買うかと思ってたよ」

マルクルの言葉にイオリは笑った。

「良いやつですよ。まぁ、見ててくださいよ。へへへ」

不敵に笑うイオリだった。


バルバルじーさんと別れ、イオリ達は屋台エリアで買い物をした。

馬車の修理道具を揃えるイオリは生き生きとしていて、マルクルや双子達を振り回していた。

馬車を入手したことで興奮しているイオリは、そのまま意気揚々と家路につく。

屋敷に戻ると、裏庭のガゼボでオルガがアーベルにお茶を振る舞っていた。

「あらあらあら。お帰りなさい。良い馬車は見つかった？」

「はい。手を加えがいがありそうです。ご機嫌はいかがですか？　オルガ夫人。アーベルさん」

「今日はお天気が良くて、気持ちがいい日だわ」

「そうですね。花に囲まれてのお茶会なんて初めてです。時にイオリ君、このブレントされた紅茶も君の案だと聞いたが？」

アーベルはギラついた目でイオリを見てきた。

「えぇ。なかなか良いでしょ？」

「なぜ、我々はこれを思いつかなかったんだ？」

「ハハハ。固定観念があるんじゃないですか？」

イオリは側にあったジャスミンを撫でると優しい顔になった。

「ジャスミンもお茶になります。スパイスだって、魔獣除けだけじゃなくて料理にも使えます。俺は、そういう物を広めることをアーベルさんにお手伝いいただきたいんです」

アーベルはイオリの言葉に心を打たれた。

「知らないことが多いな。私はこれからも多くのことを知るんだな……面白いな、イオリ君」

アーベルはイオリに熱い視線を送った。

「まぁまぁまぁ。可愛いエルフちゃんがいるわ」

そんな中、オルガの声が響いた。

「さぁさぁ。お顔を見せてちょうだい」

オルガはナギに手を差し伸べた。ナギは双子の間でモジモジしながらイオリを見ている。

「ナギ。ヴァルトさんのママだよ。優しい人だよ。ご挨拶しよう？」

ナギはオルガを観察すると、少し前に出て目を合わせずに言った。

「ナギ」

「まぁまぁ。お名前、言えたのね？　なんて賢いの。私はオルガよ。よろしくね、ナギちゃん」

ナギは恥ずかしそうに頷いた。

「さぁ、みんな買い物に付き合ってくれてありがとう。遊んでおいで!!」

「「『キャーーーー!!』」」

イオリの言葉で双子、ナギ、ゼンは庭を走り回った。

その様子を見ながら、マルクルはイオリに声をかけた。

「じゃあ、俺はヴァルトのとこに戻るわ！」

「お世話になりました。マルクルさん」

イオリはマルクルにクッキーを渡した。

「イオリ君。あのナギという子は違法な奴隷商人に捕まっていたとか？」

アーベルの言葉にオルガが顔をしかめた。

「そのようです。魔の森の騒ぎの真ん中にいたんです」

「まぁ、可哀想に……無事に保護されて良かったわ」

「トロールが守ってくれていました」

「そう……森の守護者が……」

「公爵様も調べているようだが、私の方でもエルフを購入しようとした者を調べようと思う。嫌いなんだ。こういうことが……」

アーベルが、笑いながら走るナギを見つめていた。

イオリは静かに頭を下げた。

「商会の方の準備も任せてくれ……とはいえ、どこの街の商業ギルドも面倒なものだ。貴族も商売人を囲っていることが多いからな……」

「あぁぁ。そういうのが苦手なんです。助かります。よろしくお願いします」

イオリの言葉にオルガとアーベルが笑っていると、庭に双子の悲鳴が響いた。

「「キャーーーーーー！」」

19

「どうした！」

イオリが慌てて近づくと双子がイオリにしがみついた。

「「ナギが凄いの!! 捕まんない！」」

「どういうことだ？ スコル」

細かな説明をさせることにはスコルが適任だ。

「鬼ごっこしてたの。でも、ナギを捕まえられないの!!」

「……？ 双子の足でも捕まえられない？」

イオリがナギに視線を送ると、当人はゼンに隠れて出てこない。

近づきナギの頭を撫でると、涙を溜めた顔を上げた。

「ナギ、何をしたんだい？」

ナギは首を横に振り、イオリに抱きついた。

「怒ってないよ。嫌いにもならない。ナギの出来ることを教えて？」

イオリはナギの背中を優しく摩った。

「ナギ！ 怖がらせてゴメンね。驚いたから大きな声が出ちゃった」

パティが泣きながらナギにしがみついた。スコルも眉を下げて謝っている。

ナギはパティの頭を撫でて返事をする。

「いいよ」

「さあ、俺にナギの出来ることを見せてくれ」

ナギは頷くとイオリから離れた。

イオリの後ろにオルガとアーベルが立ち、ナギを見守っている。

そして、ナギが見せた動きに一同が驚きの声を上げた。

「なんと！」

「あらあら～」

「ハハハハ。凄いぞ！　ナギ」

「「どーやってんの？」」

イオリ達の前で、ナギは奇妙な移動をしていた。

消えては現れ、消えては現れを繰り返していたのである。

「これは？　なんでしょう？」

イオリはオルガとアーベルに尋ねる。

オルガは首を傾げるだけだが、アーベルは腕を組み、考え込んだのちに答えた。

「瞬間移動というスキルの使い手がいると聞いたことがある。それかもしれないね」

「瞬間移動!?　凄いな、ナギ!!」

イオリが両手を広げるとナギが胸に飛び込んできた。

「これ、凄い？　本当？　やっていいの？」

「なんだ、禁止されてたのか？」

ナギは小さく頷いた。

「母さまと父さまがダメって……」

イオリはその理由が想像出来た。里の長に知られたくなかったのだろう。

「ナギはまだ、力の使い方を学んでないからね……じゃあね、鬼ごっこの時は使っていいよ。双子は足が速いからハンデだ。いいだろ？」

「「うん！　ナギとの鬼ごっこ楽しい!!」」

子ども達は再び遊びに戻っていった。

「驚いたわね」

「はい。でも、安心しました」

イオリの言葉にアーベルは首を傾げた。

「なぜだい？」

「ナギは戦闘に向きません。でも、身を守る術《すべ》を持っていたんです。逃げるのも戦術です」

アーベルは笑って頷いた。

「なんだ！　何事だ！」

遅れて、ヴァルト、マルクル、カーバンクル達が裏庭に姿を見せると、イオリは笑いながら子ども達を指差した。

目の前で繰り広げられていた、鬼ごっこと呼ぶには些《いささ》か苦しい光景を見て、ヴァルト達は唖然《あぜん》とした。

△　△　△

「にしても、ナギが瞬間移動のスキル持ちとはね。初めて見た。イオリと出会ってから、初めてばかりだ」

小麦粉をこねながらヴァルトは笑う。

「俺もですよ。ヴァルトさんと出会ってから、初めての経験が多いです」

片手鍋をかき混ぜながらイオリが近づいてきた。

鍋の中には、完熟トマトで作ったソースが入っていた。

「これはいつまでこねていればいいんだ？」

頬に小麦粉をつけたマルクルとナギがイオリを見てくる。

「もうそろそろですね。少し休ませましょう。手を洗ってください」

みんなが手を洗っている間に、イオリは生地を丸く広げてオイルを塗った。その上にトマトソースを広げ、肉とハーブとチーズを載せ、大きな木のヘラに載せると石窯に入れた。

「これはなんという料理だ？　平べったいパンか？」

イオリは火加減を確認して汗を拭《ぬぐ》った。

「ピザと言います。俺が子どもの頃に石窯で一番最初に食べたもので、凄い美味しいんですよ。チーズが手に入ったんで作りたかったんです」

「ふむ。イオリが言うんじゃ間違いないな。これは何だ？」

ヴァルトが指差すのはベーコンだった。

「これは、豚肉を塩とハーブに漬けたあと、燻製《くんせい》にした物です。日持ちもするし風味もいいですね」

イオリは厚切りにしたベーコンを火で炙《あぶ》り、ヴァルトに渡す。

一口食べたヴァルトは目を見開いてから微笑み、首を縦に振った。

「美味いぞ！　これはいい！　燻製とは何だ⁉」

「木を燃やして出した煙を食材に纏わせ、乾燥させる調理法です。ピザももう焼けるんで待っていてくださいね」

イオリは微笑みながら石窯の番をする子ども達に声をかけた。

「どう？」

スコルの頭に手を置くと一緒に覗き込んだ。

「チーズ、溶けてきた。美味しそう……」

ピザから目を離さずにスコルは答えた。隣にいるパティとナギもピザから目を離さない。

イオリは苦笑する。

「そろそろ良いかな」

大きな木のヘラを石窯に入れてピザを一回転させて出した。

目の前で見せると子ども達は目一杯匂いを嗅いだ。

「「良い匂い……美味しそう……」」

「いいにおい」

テーブルにある皿代わりの板の上にピザを置き、ナイフで切っていくとイオリはニッコリした。

「さぁ、召し上がれ！　直接、手でどうぞ。熱いから気をつけて！」

みんながピザに群《むら》がり、食べ始めた。

イオリはナギが食べるのを手伝う。

「「「『美味しい!!』」」」

どうやら、みんな気に入ってくれたようだ。

「ナギどうだ？」

火傷しないようにフーフーしながら食べているナギにイオリが尋ねると、ナギはニッコリ笑って頷いた。

「おいしい！　あ〜ん」

小さな口で頬張るナギを見て、イオリは微笑んだ。

クロムスも頬にパンパンにピザを詰め込んで食べ、ルチアはゆっくりと味わっていた。

ゼンは……ヴァルトとマルクル、双子と取り合っていた。

「まだ、焼きますよ。喧嘩しないでー」

ピザ大食いの戦いが、今始まった。

「俺も食べたいのに……」

不満げなイオリの声は誰の元にも届かなかった。

20

トントントン！　トントントン！

ポーレット公爵邸の裏庭にある木々の中で、今日も小気味よく金槌を叩く音が響いている。

「んー。もっとここを……あれ？　部品あったかな……」

イオリは1人で呟きながら今日も馬車を直していた。

「あー。今日もやってますねー」

小さいスコップを手にしたボーがニコニコしながら顔を見せた。

「今日も子ども達はお出かけですかい？」

「おはようございます、ボーさん。はい。双子とゼンは今日も朝から依頼をこなしに行きました。

ナギはクリストフさんの授業の時間です」

「そいつは偉いもんですね。馬車で何かお手伝いはいりますかい？」

現在、馬車の下に潜り込んでいるイオリに、ボーは微笑んだ。

「ありがとうございます。それじゃ、その部品取ってもらえますか？」

イオリが指差す部品を持ち、何に使うのだろうとボーは首を傾げた。

「これは何に使うんです？」

ボーの疑問にイオリはニッコリと笑った。

「ちょっと馬車に組み込みます。へへへ」

何やら企んでいる様子のイオリに、ボーは苦笑いをし、その手伝いをした。


馬車を購入してから数週間。

イオリは朝、冒険者ギルドへ出かけて双子とゼンを依頼に送り出し、公爵邸に戻れば屋敷へとナギを送り出すという生活をしていた。加えて、1人でコツコツと馬車を直し、時折やってくるアーベルやバートの商会に関する相談に乗り、ボーと花壇について考え、ヴァルトの愚痴に付き合うなどして過ごしていた。

ナギは公爵家執事のクリストフによる一般常識や読み書き、計算などの授業を受け、週1回のペースでエルノールからエルフの歴史や魔法の授業を受けていた。

△
△
△

「はい。ナギさんお時間です。では、採点をしていきましょうね」

クリストフはナギに計算のテストを課《か》していた。

これはイオリの提案で、子どもがどこまで出来るのかを測る良い方法であった。

ナギは採点していくクリストフをモジモジしながら見つめ、結果を待つ。

「ほほう。短時間でここまで出来るようになるとは見事ですね」

褒められて喜ぶナギは答案を返されると、沢山のマルの中にバツ印があるのを見て、悲しそうな顔をした。

「ぜんぶマルに出来なかった……」

クリストフはナギの頭を撫でると微笑んだ。

「確かに満点は凄いことです。でも、何事も完璧にこなすことだけが素晴らしいわけではありません。出来なかったことが出来るようになる。それもまた素晴らしいのです」

「出来なかったことが出来るようになる」

ナギの呟きにクリストフは頷いた。

「そうです。人は得意なことと苦手なことがあります。得意なことはどんどん伸ばし、苦手なことは少しずつ学んで鍛える。1つ1つ出来ることを増やしていくことが、学ぶということですよ。さぁ、このバツがついてしまったところは、何がいけなかったのでしょう。一緒に考えてみましょう」

ナギはニッコリ頷くと、バツがついた問題を見直し始めた。

クリストフもニッコリ笑って、そんなナギのことを見守るのだった。

△　△　△

今日も双子とゼンは元気に魔の森でお仕事だ。

依頼である〝マンゴドラ〟を引っこ抜く。マンゴドラに騒がれる前に口に石を突っ込むという荒業を披露していた。

マンゴドラとの戦いも終わり、イオリとナギへのお土産を探していた。

「ゼンちゃん、ゼンちゃん。この足跡《あしあと》なんだろね？」

小声で話すパティの指差す先にあるのは、見たことがないほど大きな蹄《ひづめ》の跡だった。

ゼンはクンクンと匂いを嗅ぐと首を傾げた。

『初めての匂いだ……何だろう？』

ゼンが匂いを嗅ぐ様子を見て、スコルが警戒して言う。

「依頼も終わったし帰ろう。この間のこともあるし、ギルドとイオリに報告しなきゃ。あんまり無理するとイオリが悲しむよ」

パティは名残惜しそうにしたが、ゼンはスコルの意見に賛成した。

『帰ろう！』

双子はゼンの背中に乗り、魔の森を移動した。

「ゼンちゃん。さっきの足跡、何系の魔獣だろう？」

足跡の他に、周囲にあった噛み痕をスコルは思い出していた。

『獣《けもの》系なのは間違いないけど、魔の森では嗅いだことのない種類だ』

「大きかったね！」

パティは楽しそうに言うが、スコルは慎重《しんちょう》な様子だ。

「ダメだよ。ゼンちゃんも知らないんだもん。ボク達は知らせに行くのが良いよ」

ゼンはモヤモヤとした違和感を覚えながらポーレットへと向かった。

風に揺れる木々の中、大きな蹄が土に跡を残していく。

真っ赤に光る目は、遠くにいる幼いフェンリルの後ろ姿を見つめていた……。

△　△　△

この日の授業が終わり、イオリの元でハーブの仕分けを手伝っていたナギは、授業で教わった話をイオリに聞かせていた。

「それじゃ、出来なかったところが理解出来たんだね？　凄いじゃないか」

ニコニコと話を聞いていたイオリは、タイムとニンニクをオイルに馴染ませ、レッドブルのバラ肉を厚切りにして漬けていく。

ナギはイオリに褒められて嬉しいのか、双子の真似をして踊り出した。

「さぁ、あとはスープかなぁ。サラダもいるね」

イオリとナギが穏やかに夕飯の相談をしていた時だった。

『イオリ！　森が変だ！』

焦《あせ》った様子のゼンが飛び込んできた。

イオリは即座に立ち上がり、ゼンに駆け寄った。

「双子は⁉」

『ギルドで報告してる！　ボクがイオリに伝えに来た！』

ナギは急いでゼンに水を差し出している。

双子が無事と聞いて、ひとまず落ち着いたイオリはゼンに尋ねる。

「それで？　何があった？」

『いつも通りに依頼を終わらせて、お土産を探してたんだ。そしたら、パティが大きな蹄の足跡を見つけたんだ。見たこともないし、匂いも嗅いだことがなかった。３人で相談して、帰って報告しようってことになったんだ』

イオリはゼンの首をワシャワシャと撫で顔を埋めた。

「よくやったね。いい判断だ。緊急性があるのかギルドに聞かないとね」

ナギはイオリのズボンを握り締めた。

「ナギ……お屋敷で待っていてくれるかい？」

ジッとイオリを見て、ナギは小さく頷いた。

ナギと手を繋いで公爵家の屋敷に行くと、クリストフが迎え出た。

「イオリ様、ゼン様が飛び込んでこられたと聞きました。いかがなさいました？　まさか……」

「双子は無事です。今、ギルドにいるようです。魔の森にゼンも知らない動物か魔獣の足跡があったようで、知らせに戻ってきてくれたんです。先日のこともありますので確認してきます。申し訳ありませんが、ナギを預かっていただけませんか？」

「承知いたしました。私から旦那様方にお知らせしましょう。お気をつけて行ってください。ナギさん。私と待っている間、お庭の花壇でお話をしましょう」

ナギは頷くと、クリストフと手を繋いでイオリに手を振った。

イオリはゼンと共に公爵邸をあとにすると、冒険者ギルドに向かった。


イオリがギルドの扉を開くと、食堂のテーブルに双子が座っていた。

「スコル！　パティ！」

双子はイオリの声に反応して立ち上がると抱きついた。

「「イオリ！」」

イオリの心配とは裏腹に、双子はキラキラした目で見上げてきた。

「大丈夫か？　心配した」

「「大丈夫!!」」

「何かいるよ！」

「大きいの！」

どうやら、双子は大きな魔獣に興味があるようだが、イオリは心配が尽きない。

双子を連れて受付に向かおうとすると、ちょうどラーラが階段を下りてくるところだった。

「ラーラさん」

「イオリさん！　来てくださったんですね。お聞きになりました？」

「はい。俺に行かせてください」

ラーラはホッとしたように微笑んだ。

「お願い出来ないか、お聞きするつもりでした。双子さんにお持ちいただいた情報ですので、情報の確証が取れれば金貨1枚、討伐していただければ買取もいたします」

イオリは了解の旨《むね》を告げ、双子と共に依頼を受けた。

一連の流れを見ていた冒険者達はザワザワとしていたが、イオリの準備が済むと、沈黙《ちんもく》してパーティーを送り出した。


「さーて、魔の森の道すがら、話を聞かせてもらおうか？　一体、何の魔獣なのかな？」

「「分かんない」」

『んー。自信がないんだ……ごめん』

ポケーッとする双子とションボリするゼンを撫でながら、イオリは今日のナギの話をした。

「今日ね、ナギが授業で、知ろうとすることの大切さを学んだんだって」

「「『？？？』」」

「何事にも興味を持ちましょうってことだよ。初めてのことを知るのは素晴らしいことだよ」

双子とゼンはイオリの言葉に大きく頷いた。

「さぁ、何がいるのかな？　楽しみだね」

イオリ達が向かう魔の森で、赤い目がギラリと光り、周りの気配を窺っていた。

△ △ △

「ここか……」

イオリが跪《ひざまず》くその場所に、件《くだん》の蹄《ひづめ》の跡があった。

双子とゼンを連れて入った魔の森では、先日のスタンピードもどきとは異なり、この魔獣が受け入れられている感じがした。

要は、大きな騒ぎが起こっていないのだ。

「馬のように見えるけど……」

『でも馬は、ここに足あるもんねー』

ゼンが示すように、左側の後ろに足跡がないのである。足が3本の馬ということになる。

イオリが這《は》いつくばって見てみると、後ろの左足にも微かに痕跡はあった。

「違うぞ、ゼン。土で隠れているけど蹄の跡がある。流石に鑑定しても……ん？」

警戒は双子に任せ、ゼンはイオリの側で一緒に蹄の跡に目を凝らした。

イオリは鑑定結果として表示された〝バトルホース〟という名前に首を傾げる。

「バトルホース？　聞いたこともないな。なぁ？　ゼン」

『うん……』

「嫌な感じがするのか？」

『ううん。どっちかっていうと、怯えてる匂い。魔の森に入ってからずっとする』

(怯えてる？　何に対して？)

イオリは周囲を注視している双子の側に行くと声をかけた。

「どう？」

「見られてる」

なかなかに厄介な相手であることは間違いない。

こちらは相手の場所が分からず、バトルホースとやらが何かも分からない。

イオリが最初の一手に悩んでいた時。

「アォォォォォォン！」

突然、ゼンが遠吠《とおぼ》えを始めた。

「ゼンちゃん⁉」

「大丈夫。お話をしてるんだ」

イオリの苦笑した顔を見て、双子はキラキラした目をゼンに向けた。

『イオリ。離れてて』

イオリは頷くと双子を連れてゼンから離れ、木を背にして立った。

「しばらく、静かにしよう。ゼン曰く、怯えてるんだそうだ。怖がらせたら可哀想だろう？」

双子は首を縦に振るとイオリの側に立ち、武器をしまった。


どのくらい経ったであろうか。

日が完全に落ち、月の明かりがゼンの体を照らし始めた頃。

柔らかい風が頬を掠《かす》めたかと思えば、軽トラックほどの大きさの真っ黒な馬がゼンの側に立ち、イオリ達を警戒していた。

「バトルホース……」

よく見れば、足元にゆらゆらと煙のようなものが纏わりつき、両目は綺麗な赤色である。

双子はイオリにひっつき、恐々《こわごわ》バトルホースを見ていた。

重苦しい空気が流れる中、ゼンがバトルホースに近寄り、スンスンと会話を始めた。

バトルホースは、初めはゼンにも警戒心を持っている様子だったが、徐々に尻尾が揺れ出し、落ち着きを取り戻していった。

『イオリ……』

ゼンの呼びかけに反応したイオリは双子に待っているように伝え、静かにゆっくりとバトルホースに近づいていった。

イオリが近づくたびに体をビクッとさせるバトルホースを、ゼンが落ち着かせる。

『住処を人間に追われたらしい。逃げてきて魔の森に入ったけど、ゴブリンやらオークやらに追い立てられて心細い思いをしていたようだよ』

バトルホースは何度もイオリとゼンの様子を見ていた。

イオリがゆっくりと手を伸ばすと、バトルホースはその手をガブッと噛んだ。

「〝っ！！！」

双子の息を呑む気配がしたが、イオリは構わずに噛ませた。

「そうか……可哀想なことになっていたんだね。俺はイオリ。ゼンの相棒だよ」

イオリは噛み続けるバトルホースを、空いている手で撫でた。

ゼンも一緒になってすり寄っていると、徐々に手を噛む力が弱まってきた。

次第に威嚇するように見開いていた目を緩め、イオリと目線を合わせるようになった。

「やあ。落ち着いた？　知らない場所に来て、気が立っているんだね」

自分で噛んだイオリの手を舐めて、甘え始めるバトルホース。

イオリはそれを見て微笑んだ。

「優しい子だ」

バトルホースは赤い目から涙を流し、イオリに顔を擦《こす》りつけた。

『この子はひとりぼっちなんだって』

「そうか……ここに住みたいの？」

バトルホースはひたすらにイオリに体を擦りつける。

『イオリと一緒にいたいみたい』

ゼンの言葉で首をブンブンと振るバトルホースに、イオリは苦笑した。

「でも、俺達は街で暮らしているし、一緒は難しいだろう。確かに馬車を引いてくれる馬を探さないといけないけど、せめてもう少し小さければね……」

イオリの言葉に反応したかのように、バトルホースの体が縮み、普通の馬より少し大きいくらいのサイズになった。

「「うわぁ!!」」

イオリの背後で双子が驚きの声を上げた。

同じく驚いているイオリに、ゼンがお願いする。

『イオリ……この子を一緒に連れていって？　ひとりぼっちは寂しいよ』

かつて山で1人で過ごしていたゼンには思うところがあったのだろう。

イオリはゼンを撫でると、バトルホースに顔を向けた。

「俺らは旅をするために、馬車を引いてくれる仲間を探しているんだ。引き受けてくれるかい？」

バトルホースは頷き快諾の意を示すと、イオリに顔を近づけた。

「俺の家族はゼンと、あそこに立っている双子のスコルとパティ。それと家で待っているナギという子がいるんだ。みんなと仲良くして欲しい」

チラッと双子を見ると頷いた。

「よし。君を家族に迎えるよ」

涙を流してすり寄ってくるバトルホースをイオリが微笑みながら摩る。

それを見てゼンも喜んだ。

『じゃあ、この子にも名前が必要だね』

ゼンの言葉に、イオリは頭をフル回転して考えた。

「バトルホースの特徴って、戦えることでしょ？　大きさ変えられることでしょ？　あと、足が煙みたいになるんだよな……」

でも、この子の最初の印象は柔らかい風だった。

「風……風の神。君は鑑定で見たところ……女の子だから……〝アウラ〟。アウラはどうだい？」

イオリが言葉にすると、光の線がイオリとバトルホースを結び、すぐに消えた。

バトルホース改め、アウラは嬉しそうにイオリにすり寄ってきた。

アウラはゼンと異なり言葉を発しないようだが、従魔になった今、イオリの中にアウラの感情が流れ込んでくる。

嬉しそうにゼンにもすり寄るアウラは、喜びを隠そうとしなかった。

「2人ともおいで！」

イオリは双子を呼ぶとアウラに紹介した。

「さぁ、アウラ。男の子がスコルで女の子がパティだよ。２人とも、新しく家族になった、バトルホースのアウラだよ。仲良くしてね」

「うわぁぁ」」

「スコル！」

「パティ！」

「仲良くしてね!!」

双子に気圧《けお》されているアウラだが、すぐに慣れていった。

「さぁ、ナギが心配する。早く帰ろう」

イオリがスコルからもらったポーションを手にかけると、アウラに噛まれた痕《あと》はすっかりなくなり、双子は安心したようだった。

ゼンに双子が跨がり、アウラにはイオリが跨がった。

順調に魔の森を出るとイオリはゼン達にギルドへの報告を頼み、先に行かせた。

「アウラはゆっくりでいいよ。俺が振り落とされると困るから」

イオリは笑いながら、アウラと一緒にゆっくりとポーレットの街に戻った。

閑話　公爵家の料理人達

ポーレット公爵家の調理場からは、夜な夜な料理人達の恨みがましい声が聞こえてくる。

「最近、ヴァルト様がお屋敷でお食事を取られる回数が減ったな……」

「昔は街によくお出かけなさっていたからだったが、今は違う！　お屋敷にいらっしゃっても、私達の料理をお召し上がりにならない！」

「ニコライ様だって、時折お食事前にコソコソといなくなられる」

「旦那様は流石にお召し上がりになるが量が少なめで、それを心配したところ、別の場所でお食事を取られているという」

「奥様もおやつなどをお召し上がりになっているせいで、お夕食の量が減っていて……」

「「「やっぱり！　イオリさんのせいだ！」」」

「それなら、イオリさんに教えてもらえばいいのに……」

呆れた顔で若いメイドが紅茶をすすっていると、料理人達は目を剥いて怒り出した。

「出来るか！　そんなこと！」

「私達が何年料理をしてると思ってる！」

「今さら聞けるわけがない！」

「……俺は教えてもらおうかな……」

「「「！！！」」」

「いや、だって興味あるし！」

プライドを捨てることが出来ない料理人達。しかし、１人の料理人の裏切りをきっかけに次々と造反者《ぞうはんしゃ》が現われ、結局、料理人達はイオリに教えを請《こ》うことになったのである。

△△△

年月が経ち……。

食の街ポーレットの公爵家料理人に勝《まさ》る者はいないという評判は、王国中に広まっていた。

様々な貴族からの引き抜きがあったにもかかわらず、その全てを断り、ポーレット公爵家に仕え続けた義理堅《ぎりがた》い料理人達。

ひとえに、１人の青年から教わる料理に惚れ込み、離れることなど考えられないだけであったことは、彼らだけの秘密である。

将来、自分達が歴史に名を残すことを知らない公爵家の料理人達は、今日もイオリの料理に関する話をしていた。

「ちょっと、今日もイオリさんのとこを覗いてこよう」

「あっ、私も……」

「昨日はパリパリに揚げた鶏皮をつまみにお酒をお召しになったとか」

「パリパリ？　……ッゴクン」

料理人達の成功への道は今始まったばかりである。

△
△
△

21

真っ暗だった道に松明《たいまつ》が焚かれ、イオリは視界にポーレットの大きな壁を捉えた。

「あぁ！　そういえば、料理の途中だった。腹減ったなぁ。アウラも減ったろう？」

イオリの言葉にアウラは嬉しそうに頷いた。

城門はすでに閉じられているため、脇にある小さな門に近づいた。

するとそこではポルトスが立っていた。

「イオリ君！　おかえり！　無事でよかった。暗くなっても戻ってないって聞いて、心配してたんだ。双子が言ってたのはこの馬だね。さぁ、入ってギルドに行くといい」

「ありがとうございます。ポルトスさん、待っててくれたんですか？」

「仕事だよ。夜勤なんだ。気にしないで」

ポルトスと言葉を交わして門を抜けると、そこで待っていた双子とゼンが飛びついてきた。

「お待たせ。さぁ、アウラを登録するためにギルドに行こうか」

揃ってギルドに顔を出すとギルドが沸いた。

どうやら、イオリが今日帰ってくるかどうかの賭けをしていたらしい。

「ラーラさんこんばんは。この子と従魔の契約を交わしたんで、登録をお願いします」

唐突《とうとつ》に馬を連れて帰ったイオリにラーラは言葉を失った。

「双子からも報告があったと思うんですけど、昼間に言っていた魔獣はこの子のことでした。最近、魔の森に迷い込んできたらしくて、居場所がなく、彷徨《さまよ》っていました。俺を気に入ってくれたようで、契約を交わしたんです」

「……そうですか。あの……イオリさん？　この子ってバトルホースでは？」

戸惑うラーラの言葉にイオリはあっさりと答えた。

「そうみたいです」

「えぇぇ！　ありえません！　バトルホースは単独行動を好み、群れることなどありません。しかも、人を気に入るなんて……あぁ……もういいです。イオリさんですもんね。はい、登録しましょう」

ラーラが登録を終えると、イオリ達は自宅へと急いだ。

イオリが出ていったギルドでは、再び冒険者達の噂話が始まった。

ため息を吐いたラーラは、重い足取りでギルドマスターの部屋に向かった。

「絶対に騒ぎになるわ……」

△　△　△

ギルド内の騒ぎを知らないイオリ達は、公爵家への道を真っ直ぐに進んでいた。

公爵家の門には、ヴァルトやクリストフと一緒に待つナギがいた。

「「ナギー!!」」

双子が走り寄りナギに抱きつくと、ナギはギュッと双子にしがみついた。

「ごめん。遅くなったね。皆さんもすみません。ゼン達が話していた森の異変はこの子でした。バトルホースです。アウラという名前をつけました」

……。

「バトルホース……」

「またぁ、お前は!!」

「バトルホースって人馴れしますか？」

「人馴れしておりますね……」

ヴァルトをはじめ、従者や執事達は驚いていた。

「アウラ。俺達がお世話になってる皆さんだよ。仲良くね。それと、そこにいるのが家族のナギだよ」

アウラはナギに向かって一歩前に出たが、初めてバトルホースを見たナギは怖がり、ビクッとして双子に隠れてしまった。

そんなナギを見たアウラはどんどん小さくなっていき、小型犬ほどの大きさになり、ナギに近づいた。

「「小さくなった!!　可愛い！」」

双子の言葉で2人の隙間から顔を出したナギは、小さくなったアウラを見て微笑んだ。

アウラはゆっくりと近づくとナギの足にすり寄った。

「撫でてあげるんだよ」

スコルのアドバイスで、ナギは恐々アウラを撫で始めた。

「その大きさなら一緒にベッドで眠れるね」

イオリが声をかけると、ナギはイオリを見上げ、目に涙を溜めて抱きついた。

「随分と心配してましたからね。イオリ様が帰ってきて安心したのでしょう」

クリストフの言葉を聞き、困り顔のイオリはナギを抱き上げて背中を摩った。

「心配かけて悪かったよ。でも、アウラをそのままに出来なかったんだ。ナギもアウラと仲良くしてくれると嬉しい」

イオリの肩を涙で濡らしながらナギは頷いた。

「アウラ可愛いね」

ナギの小さな声に反応したアウラは、嬉しそうにピョンピョンと跳んでいた。

「さぁ、遅くなったけど夕飯にしよう。お肉をオイル漬けにしてあるんだ。焼けばすぐに食べられるよ」

イオリの言葉に、子ども達だけでなく大人達も喜んだ。

△　△　△

それぞれが大満足に夕飯を終え、子ども達が舟を漕《こ》ぎ出した頃。

ヴァルトはゼンの側で大人しくしているアウラを見ながら、イオリに聞いた。

「アウラとは、どういう意味なんだ？」

その言葉にアウラは反応して、近づいてきた。

「風の女神の名前を頂いたんです。足の速い女神だそうで、この子にピッタリかなって」

アウラは嬉しそうに首を縦に振った。

「ゼンも実は山の神様のお名前を頂いてまして。色んな願いを込めて付けました」

「そうか……」

ヴァルトは微笑むとアウラを撫でた。

「単独での行動を好むバトルホースが家族を求めるとはな……良かったな、お前の主人は良い奴だ。子ども達のことを頼むな」

任せてと言うように、アウラは首を縦に振った。


テントに戻ると眠る子ども達の間に入り、アウラは眠った。

(明日になれば、またこの子達と遊べる)

初めて家族が出来たバトルホースは、小さな男の子に顔を擦りつけて眠った。

22

アウラとの出会いにより、イオリ達の生活は変わりつつあった。イオリの馬車が完成に近づいてきたことも大きい。

馬車屋のバルバルじーさんの勧めもあって、アウラのハーネスなどを用意し、幾度《いくど》も試した。

本来のアウラの大きさは軽トラックほどだが、馬車とのバランスが取れない上に目立つので、走行時は普通の馬ほどの大きさで行動することになった。

それでも力を発揮するアウラは優秀であった。

普段は子犬ほどの大きさになり、子ども達やゼンやクロムスと一緒に遊んでいる。

イオリは、アウラが馴染めるかどうか心配していたが、テント内のブランコや滑り台で楽しそうに遊んでいるのを見てからは自由にやらせている。

子ども達は小さいアウラを可愛がり、世話を焼いた。テントに入る時にはアウラの足を拭き、体のブラッシングも欠かさない。

ゼンがブラッシングだけはイオリにしかさせないことも、子ども達がアウラの世話をしたがる要因であった。

そんなある日のこと。

ゼンと双子は庭で武器を出して立ち合いをし、ナギはエルノールに魔法を教えてもらっていた。

いつもと違う子ども達を見てソワソワするアウラに、イオリは話しかけた。

「どうした？　今日は落ち着かないね」

アウラはイオリに近寄り鼻を擦ったり、隠れたり、横目で庭の様子を見たりと忙《せわ》しなかった。

「アウラは戦うのが嫌いなのかい？」

首を縦に振るアウラを見て、側にいたボーは頷いた。

「なるほどなぁ。バトルホースなのに戦うのが嫌いだから、人間に酷い目に遭わされちまったんだろう？　可哀想に」

「そうなのかい？」

アウラは頭を隠すようにイオリの足の間に入ってしまった。

ボーはイオリに説明をする。

「バトルホースは闘争心が強く、知略《ちりゃく》を巡らせて行動する頭の良い魔獣です。過去には何人もの人間が契約をしようとして、失敗したそうです。もしかしたら、イオリさんより前にアウラと契約しようとした人がいたかもしれませんよ。大人しいアウラだったら扱えるかもと。でも、戦いが苦手だから虐められた……」

そんなボーの推測が当たっているのか、アウラは涙を流した。

「さぁ、アウラ、出ておいで。良いんだよ、戦わなくたって。見てごらんよ。アウラの代わりにゼンと双子が相手をやっつけるさ」

トボトボとイオリの足の間から出てきたアウラは、庭で訓練に励む子ども達を見つめた。

「ナギだって本来は戦いには向いてないんだ。自分で出来ることを少しずつ増やしてるんだよ。戦うってさ、ただ相手を傷つけるってことじゃないよ」

その言葉に反応したアウラを見て、イオリは言葉を続けた。

「確かに、戦って相手を傷つけるのは気分が良くない。でも、俺は生きていかなければいけないから、魔獣や動物達と戦って、命の恵みをもらうよ。それに、家族が傷つけられそうなら戦う。守るために戦うんだ。大事なものを守るために」

アウラは目を大きくさせながら、イオリの言葉を聞いていた。

「でも、それでもアウラが戦うのが嫌なら、戦わなくて良いんだ。他人に任せちゃえ。アウラは俺らには出来ない、馬車を引くっていう凄いことが出来るんだから」

目に涙を溜めたアウラのたてがみをイオリは摩った。

「好きにして良いんだよ」

次の瞬間、アウラは体のサイズを大きくして、以前自分が傷つけたイオリの手を甘噛みしたり、舐めたり、顔を擦りつけたりと、思いっきり甘え始めたのだった。

その様子をボーはのちに公爵にこう報告している。

「イオリさんは人の心だけでなく、魔獣の心も癒やしちまいました。本当の意味でアウラが救われたのは、あの時でしょうね。必要とされてる。それこそがアウラの生きがいのようにも見えましたよ」

△　△　△

アウラに関する噂話は人から人へと伝わっていき、イオリの存在を知らない貴族達はその話を聞いて驚愕した。

「あのポーレット公爵がバトルホースを手に入れたらしい」

「最近のポーレットはどうしたのだろう。グラトニー商会のアーベルまでもが入り浸っているとか」

「今からでも繋がりを作っておくか……」

イオリの知らないところで、貴族達の思惑《おもわく》が少しずつだが渦巻《うずま》き始めていた。

第4章　試運転

23

「どう？　苦しくない？」

アウラにハーネスをつけて馬車に固定すると、イオリは心配そうに聞いた。

アウラは確かめるように脚や腰、頭を動かすと頷いた。

今日は初めての遠出として、牛乳屋が営《いとな》む牧場に行くことになっている。

完成した馬車の試乗という目的もあるため、イオリはアウラと調整をしていた。

「イオリ。全部載せたよ」

スコルが報告をするとイオリはニッコリ笑った。

「それじゃ、３人とも馬車に乗って。ゼンも乗るんだよ」

「『『はーい』』」

双子が、馬車に乗ろうとするナギの手伝いをする中、ゼンも馬車に飛び乗った。

「随分と可愛らしい馬車に仕上がりましたね」

グラトニー商会のイオリ専用の部門――〝ホワイトキャビン〟の代表となった、バート・グラトニーがニコニコと近づいてきた。

「「バート！　一緒に行くの？」」

双子は馬車から身を乗り出して、手を振っている。

「そうだよ！　牛乳屋の親父さんには一緒に行くって言ってあるんだ」

△　△　△

イオリと出会ってからの数週間で、アーベルはポーレットのグラトニー商会にイオリ専用の部門——ホワイトキャビンを新設し、その代表にバートを据えた。

バートは、牛乳屋や日暮れの暖炉、パウロ＆カーラなど、イオリが懇意《こんい》にする店に顔を出し、着々と準備を進めている。

そのホワイトキャビンが、利権問題の解決や販路《はんろ》の確保、営業など、様々なことを一手に担ってくれている。

バートは要職《ようしょく》についていなかったとはいえ、グラトニー商会の会頭補佐をしている〝アーベルの甥〟の子どもで、本人もアーベルの付き人なだけはある。ポーレットの商業ギルドに顔を出した初日から存在感を放っているらしい。

しかし、イオリはそのことについて詳しくは知らない。

なぜなら、イオリの意向を汲《く》んで、イオリ自身は商会の業務には全く関与していないからである。

現在バートはグラトニー商会ポーレット支店の一部屋を事務所にして、仕事に邁進《まいしん》している。

アーベルは顧問《こもん》という位置につき、グラトニー商会と公爵家を自由に行き来している。

そんなアーベルの今一番の楽しみは、イオリ仕込みの公爵家の料理と時折出てくるイオリの手作りお菓子だった。

△　△　△

「今日はお願いします。初めての遠出なので楽しみなんです」

イオリの笑顔にバートは苦笑した。

出会って数週間だが、バートはイオリの笑顔がいかに怖ろしいかを知っていた。バートの提案にイオリが難色を示した時は、その笑顔で提案が却下されてきた。

だが、バートはなぜだか嫌な気持ちにはならないのだ。

人たらしでいなければならない商人が、絆《ほだ》されてしまっている。

アーベルとバートはそれに頭を悩ませていたが、最近、諦めと共に慣れてきたところである。

「おぉ、揃ってるな。これがイオリの馬車かぁ。御者席が赤なんて良いな」

ニコライがデニと従者達を連れて現れた。イオリ達と共に牧場へ行くためだ。

「今日はよろしくお願いします」

イオリの挨拶にニコライが返事をする。

「あぁ、こちらも頼む。悪いが私達は馬で行く。デニを一緒に乗せてくれるか？　馬の上は嫌だと言うんだ」

『私は馬にブンブンと揺られるのが嫌いでね。極力、乗ることは御免被《ごめんこうむ》りたい。馬車も揺れるが、まだマシだ』

デニの言葉にイオリがニコニコ頷くと、ニコライは馬車にデニを乗せた。

「デニちゃんも一緒なの？」

『あぁ、よろしくな、子ども達。ゼンも頼みます』

『うん！　イオリの馬車は凄いんだ。落ち着いて行けると思うよ』

『どういうことだい？』

「『内緒！　シシシシッ』」

双子とゼンに揶揄《からか》われてデニは小さくため息を吐いたが、ナギが優しく撫でると目を細めてうっとりとした表情を浮かべた。

「さぁ！　行こうか！　じゃあなヴァルト達」

ニコライが、見送りに来たヴァルト、マルクル、トゥーレに挨拶をする。

合図と共に従者達は自身の馬に乗り、バートは自分の馬車に乗り込んだ。

「じゃあ、行ってきます」

「気をつけてな！」

ヴァルト達は、子ども達が最後まで手を振る姿を見守った。


「なぁ、何かイオリの馬車の車輪……おかしくないか？」

「ん？　本当だ」

マルクルとヴァルトが話していると、後ろで見送りをしていたボーが近づいてきた。

「何でも、タイヤというらしいですよ。少しでも揺れを抑えるために、クッションの役割をしているとか」

「たいや……？」

「はぁ、これが上手くいったら……いくのでしょうけど、バートさんがまた忙しくなりそうですね」

トゥーレは頭を振ってため息を吐いた。

「まぁ、イオリと関わるとこうなるということだ」

イオリ達は無事にポーレットの街を出た。

ヴァルト達の悩みを知る由《よし》もないイオリは、予想以上に揺れない馬車に満足しているところだった。

『イオリ……これはどういうことですか？』

デニが御者席に座るイオリに声をかけてきた。

「ん？　どれのことです？」

『馬車が揺れないではないですか！　魔法ですか……？　その顔を見るに、魔法ではなさそうですね』

イオリはデニに満面の笑みを見せた。

「はい！　馬車に揺れを軽減する部品を付けてます。車輪にも細工《さいく》がしてあるんですよ！　乗り心地はどうですか？」

『えぇ、素晴らしいですよ。座席にクッションが敷き詰められていて、寝心地もよいです。流石ですね』

その会話を聞いていた双子も騒ぎ出した。

「「本当だぁ!!　馬車揺れない！」」

みんなに褒められたイオリは笑みを堪えられなくなる。

「みんなが気に入ってくれて何よりだよ」

ゼンはナギと共に、馬車の後方で離れていくポーレットの街を見ていた。

『ナギ。寒くない？』

「だいじょうぶ。楽しいね」

ナギの人生で初めて乗った馬車は怖いものだった。知らない大人と乗った、鉄格子がはめられていて、暗くて息苦しい馬車。

しかし、イオリの馬車は開放感があって楽しいものだった。

子ども達は、イオリが毎日、楽しそうに馬車を直しているのを見ていた。

イオリが笑いながらやっていることは楽しいことだと信じている子ども達は、馬車での旅が楽しみでしょうがなかったのだ。

楽しそうなイオリの馬車を並走しながら覗いて、ニコライは苦笑した。

「この座席の素材は何なんだ？」

「デーモンフォーンの変異種の毛皮ですね。ランクを上げてもらった時のやつです。下にもクッション性の高い綿花《めんか》の綿毛《わたげ》を敷き詰めています。サイドにはシルフィシープの毛を詰めたクッションも置いてますんで、馬車が揺れても子ども達が痛くないようになっています」

馬車の中でごろ寝をするデニとゼン。コロコロと転がってるパティ。ナギとスコルはクッションを抱えて外を眺めていた。

「デニ。大人しくしているが気分はどうだ？」

ニコライの言葉に、眠っていたデニは片目を開けて答えた。

『快適だ。どこぞの貴族が所有する馬車なんか、もう乗れはしまいよ』

「何!? そんなにか? イオリ、何をした?」

説明したくてたまらなかったイオリは嬉しそうに話し始めた。

「実はですね。馬車と車輪を繋げる部分に、サスペンションとしてバネをつけました。バネは鍛治師のカサドさんに相談したら、作ってくれたんですよ。あとは、車輪にコカトリスの皮で作ったタイヤをつけたんです。この2つで、馬車の揺れを軽減させてます」

コカトリスの皮は弾力性があり、ゴムの代わりとして使用出来る。

「……? 言ってることは分からないが、魔法ではなくて、物理的に揺れを軽減させているのだな? そんなことが出来るのか……」

『体験すれば分かる。快適だ』

デニの言葉で、ニコライは馬をフランに任せて、イオリの許可を取らずに馬車に飛び乗った。

「あぁぁ。出来れば靴は脱いで欲しいです」

イオリの言葉を聞いたニコライは、言われた通りに靴を脱いで荷台に乗り、ナギを抱えて座った。

「静かなものだな……これならば酔うことも少ないな」

「おかしたべます?」

そう言って、唐突にクッキーを差し出したナギ。

ニコライがナギの手からクッキーを直接食べると、ナギは満足したように笑った。

「イオリ。この揺れはまるで揺《ゆ》り籠《かご》のようだ。眠たくなってくる」

「はは！　じゃあ、成功ということで良いですねー」

△　△　△

フランは、そんな満足そうなイオリに言葉をかけようか迷い、外からじっと見つめていた。

「まったく。気になるなら話しかければ良いだろう？」

ゆっくりと馬を進めるエドガーが、呆れた顔でフランに話しかける。

「だって、私は嫌われてるだろ」

目を泳がせるフランに、エドガーはため息を吐いた。

「それはお前が避けるから、話すきっかけがないだけだろうが！　さっさと謝れば、イオリさんは受け入れてくれるっていうのに。お前は……」

「だって、お前はフェンリルの逆鱗《げきりん》に触れてないから簡単に言えるんだ」

「元はと言えば、お前が悪い。ニコライ様の願いに反することを言ったのも悪いし、相手を見極めなかったのも悪い。早く謝らないのもお前が悪い。何度も言ってるだろうが！」

それでもブツブツと呟きながら煮えきらないフランに、エドガーはトドメをさした。

「イオリさんは公爵家にもポーレットの街にも必要な人材になりつつある。いや、もうそうなのだろう。お前1人のプライドなんてちっぽけなんだよ。勝手に燻《くすぶ》って歩みを止めるのは勝手だが、ニコライ様達は前に進むぞ。その時に、必要とされなくなるのはどっちだろうな」

「うぅぅ、分かったよ‼　そこまで言わなくても良いだろ！　謝るよ！　今日こそ謝ゆよ！」

フランは不貞腐れると馬を走らせ、エドガーから離れた。

「最後噛んだよな？　何だよ、『謝ゆ』って……はぁ、全く……あれでも仕事は出来るんだよな…本当に面倒臭い。ふふ」

エドガーは鼻で笑うと、フランを追いかけた。

△　△　△

イオリは休憩のために、街道から外れた大木の下で馬車を止め、子ども達を馬車から降ろし、自身はストレッチをして体を伸ばした。

「う〜ん。少ししか乗ってないのにお尻が痛いね」

慣れない馬車での移動に顔を歪《ゆが》めるイオリ。

一方、子ども達はアウラのハーネスを外し、一緒になって水を飲んだり、お菓子を食べたりと楽しい休憩時間を過ごしていた。

ストレッチを続けるイオリの視界に人影が見える。

イオリが顔を上げると、神妙《しんみょう》な顔をしたフランが立っていた。

「……すまなかった」

「はい？」

「初めて会った時、筋違いな批判をしたことを謝りたい。情けない話だが、気持ちの折り合いがつかず、時間が経ってしまった。それも申し訳ない！」

ガバッと頭を下げたフランを見て、三角のポーズでストレッチをしていたイオリはポカーンとした表情を浮かべた。

「……あぁぁ。あの時のことですね⁉　何のことかと思ったぁ。ビックリしました」

気づいて笑うイオリは、真っ直ぐに立つとフランに向き合った。

「律儀《りちぎ》な人ですね。あの時、チャラと言ったのに」

「申し訳ない。ウジウジと避けたりして」

「避けてたんですか？　あはは。良いですよ。謝罪を受け入れます」

「ありがとう……」

照れるフランはそのましゃがむと、イオリの側に立つゼンに目線を合わせた。

「神獣フェンリル、申し訳なかった」

ゼンはフランに近寄り、気にするなというように肩をポンポンと叩いた。

『イオリが許したのならボクもいいよ。フランは主人を大切にしてるから、守ろうとしただけなんだって、ある人に言われたんだ。ボクもイオリを守りたいから、フランと一緒だね』

ゼンの言葉にフランは顔を赤くした。

「感謝する。神獣フェンリル」

『ゼンだよ。ゼンと呼んで。ボクはフランって呼ぶよ』

「分かった、ゼン。これからもよろしく頼む」

そう言って微笑むフランに、イオリとゼンは笑顔で応えたのであった。

△ △ △

「……やっとか。無理にでも連れてきて良かったな」

「えぇ。不器用な男です」

ニコライの言葉にエドガーは微笑んで返した。

ニコライとエドガーは少し離れた場所で、自分達の馬を休ませながら一連の流れを見ていた。

「まぁ、それも良いところだからな。何はともあれ、フランがイオリと普通に話が出来るようになれば仕事も捗る」

「そうですね。任せられることも増えますからね」

上司と同僚に自分の話をされているとは思っていないフランは、子ども達と会話をし、照れながらもナギを抱き上げたりしていた。

「いや～。何だか分からないけど、話がまとまって良かったですね～」

横からバートが顔を出すとフランは驚いた。

「いっ、いつから聞いていた⁉」

「あっ。最初からです。イオリさんが変なポーズしてた時からですよ」

「変なポーズじゃなくて、ストレッチですよ。硬くなった体をほぐしてたんです」

「休憩をどれくらいとるか聞いてくる！」

ニヤニヤ笑うバートから逃げるように、フランはブツブツと何かを言いながらニコライ達の元に戻っていった。

「そうやって揶揄《からか》って……全く」

「ははは。まあ、良いじゃないですか。フランさんは良い人ですね。商人の謝罪は価値がないように感じますけど、騎士の謝罪には重みがありますね……ところでイオリさん？　馬車の話を聞かせてください。特許《とっきょ》を取る必要がありますか？」

「特許って……まぁ良いですよ。あのですね……」

イオリとバートの会話が長くなると察した子ども達は、アウラの側でゼンに寄りかかり、おやつタイムを再開した。

24

「いや～。流石イオリさんですね……揺れない馬車なんて、貴族でも持ってるかどうか。魔法を利用して揺らさないことも出来ますけど、まぁ普通はしないですよ。仕組みは分かりましたけど、これを作れる職人がいないですね……タイヤの方なら何とか出来るかな……」

「お任せしますよ。タイヤは、車輪の型にコカトリスの革を付けているだけなんで、誰でも出来るんじゃないんですか？　流行ったら目立たずに済むので、頑張ってください」

イオリの言葉にバートは苦笑する。

「簡単に言ってくれますね。コカトリスを狩猟《しゅりょう》することが出来る冒険者だって珍しいのに……まぁ、良いでしょう。革職人に相談しましょう。馬車職人にも声をかけますね」

「それなら一応、バルバルじーさんに声をかけてください。請《う》け負《お》ってくれるか分かりませんが、一度見せてるんで相談には乗ってくれると思いますよ」

バートはそのことを頭にメモすると頷いた。

「どうだ？　そろそろ出発しようか？」

ニコライの言葉で、子ども達は急いで馬車に乗った。

「『行こう!!』」

「いこー」

休憩に飽きていたのかみんなを急がせる子ども達に、イオリは苦笑した。

イオリは再びアウラにハーネスをつけると、御者席に座って馬車を動かした。

馬車と並んでゼンが走っていると、アウラは楽しそうに足を進めた。

イオリは並走するゼンに声をかける。

「ゼン、風が気持ちいいね」

『うん、最高！』

イオリ達の前にはバートの馬車、後ろにはニコライ達が走っている。

その中で、一番心軽やかだったのはフランだ。

「良かったな」

「おぅ」

エドガーの言葉にフランは一言返事をして、微笑んだ。

一行はしばらく街道を走り、昼前には牧場に着いた。牧場が見えてくると子ども達は興奮し始める。

「ここは牛さんがいっぱいなの？」

「どれが牛なの？」

「うしー」

「どこだろう。今のところは牛がいるようには見えないけど……」

そう言いながら馬車の速度を落としたイオリに外からゼンが声をかける。

『着いた？』

「そうみたい。入っといで」

イオリの言葉でゼンは馬車に飛び乗った。

△　△　△

頑丈《がんじょう》な造りの門の前で、若い男が馬に跨り、手をブンブンと振っている。

「あれ？　カッチェさんじゃない？　カッチェさーん！　お久しぶりでーす！」

牛乳屋のカッチェはイオリが気づくと嬉しそうに近づいてきた。

「お久しぶりです！　また会えて嬉しいです」

「あれ？　何で敬語？　牧場を見に来ましたよ。あと、シチューも食べに来ました」

「イオリ君は俺達の恩人で先生だから！　ようこそ！　家族も待ってるんですよ！　行きましょう」

カッチェはニコライやバートとも挨拶を交わすと門を開けて、馬車を中に通し、母屋《おもや》へと案内を始めた。

ゆっくりとしたスピードで馬車を進めるとイオリは牧場を見渡した。

「思っていたよりも広い場所だね……」

「これ全部、牧場なの？」

驚くスコルにカッチェは笑いながら答えた。

「そうだよ。小高《こだか》い山があるだろう？　あの向こう側に川があって、その先までがウチの牧場だよ。広い牧場で牛達を放牧《ほうぼく》してるんだ」

「牛さん達はどこにいるの？」

カッチェは急かすパティに笑って答える。

「ははは。あとで会わせるよ」

そうこうしていると、建物に到着した。外では何人もの人が待っているのが見える。

「あそこが母屋です。母さんと兄さんと義姉《ねえ》さんを紹介します！」

カッチェは一足先に母屋に近づいていった。

バートは馬車から降りるとカッチェの家族にニコライを紹介した。

「公爵家のニコライ様にお越しいただけるなんて……こんな日が来るとは思いませんでした」

感極まる牛乳屋の親父をよそに、奥さんは丁寧に頭を下げて挨拶をした。

「こんな場所までお越しいただけて感謝いたします。何もございませんが、ご滞在くださいませ」

「かしこまらないでくれ。お願いするのはこちらの方だ。時間をくれて感謝する。乳のことを、こちらのイオリに教えてもらってから虜《とりこ》なんだ。さぁ、イオリ」

「はい。はじめまして、皆さん。俺がイオリです。こちらは、従魔のゼンとアウラ、双子のスコルにパティ、そしてナギです。今日はよろしくお願いします」

イオリが挨拶をして顔を上げようとすると、奥さんに抱きしめられてしまった。

「ありがとう！　あなたのおかげで私達は生きていけるのよ。やってきたことが無駄じゃないと教えてくれてありがとう」

泣きながら礼を言う奥さんの後ろでは、牛乳屋の家族がすすり泣きをしていた。

「喜んでくれて良かった。俺の知識が人のためになったんですね。自信を持ってください。皆さんは、素晴らしい宝をお持ちです。何より、俺、親父さんの牧場の乳が好きです」

奥さんはしばらくしてイオリから離れると、今度は子ども達の背に手を回して一緒に母屋に入っていった。

△　△　△

イオリがこの世界にもたらした知識は、多くの人々の生活を変えていく。
もちろん、イオリ自身にそのような自覚は全くない。
今後イオリが披露する知識は、今まで以上に周囲に大きな影響を与えていく。
ゆくゆくは、この国を巻き込むほどに……。

何はともあれ、イオリの暴走はまだまだ続く。

いずれ最強の錬金術師？
SOMEDAY WILL I BE THE GREATEST ALCHEMIST?
1~16
小狐丸
KOGITSUNEMARU
シリーズ累計（電子含む）100万部突破！
2025年1月ついにTVアニメ化!!
コミックス 1～7巻 好評発売中！
いずれ最強の錬金術師？
小狐丸
地味～な生産職志望の僕に付与されたのは、
聖剣から空飛ぶ船まで、何でも造れる
最強スキル 錬金術!!
第10回アルファポリスファンタジー小説大賞 読者賞受賞作
アルファポリス人気ランキング 圧倒的第1位
……僕、のんびり暮らしたいだけなんだけど
1～16巻
好評発売中！
勇者召喚に巻き込まれ、異世界に転生した僕、タクミ。不憫な僕を哀れんで、女神様が特別なスキルをくれることになったので、地味な生産系スキルをお願いした。そして与えられたのは、錬金術という珍しいスキル。まだよくわからないけど、このスキル、すごい可能性を秘めていそう……!? 最強錬金術師を目指す僕の旅が、いま始まる！
●16巻 定価:1430円(10%税込)
1~15巻 各定価:1320円(10%税込)
●Illustration：人米
いずれ最強の錬金術師？
1
原作 小狐丸
漫画 ささかまたろう
最強の生産スキル
錬金術発動
10万部突破！
●7巻 定価:770円(10%税込)
1~6巻 各定価:748円(10%税込)
●漫画：ささかまたろう　B6判

子育てしながら冒険者します
異世界ゆるり紀行
1~15
水無月静琉
Minazuki Shizuru
シリーズ累計
110万部(電子含む)
突破!!
2024年7月
TVアニメ
放送開始!!
(テレ東・BSテレ東ほか)
1~15巻
好評発売中!
コミックス
1~8巻
好評発売中!
異世界ゆるり紀行 子育てしながら冒険者します
水無月静琉
転生したら、双子を保護しました。
子連れ冒険者の異世界のんびりファンタジー!
子連れ冒険者ののんびりファンタジー!
神様のミスで命を落とし、転生した茅野巧。様々なスキルを授かり異世界に送られると、そこは魔物が蠢く森の中だった。タクミはその森で双子と思しき幼い男女の子供を発見し、アレン、エレナと名づけて保護する。アレンとエレナの成長を見守りながらの、のんびり冒険者生活がスタートする!
異世界ゆるり紀行 子育てしながら冒険者します
原作 水無月静琉
漫画 みずなともみ
1
転生したら、幼い双子を保護しました。
シリーズ累計15万部!!
●各定価:1320円(10%税込) ●Illustration:やまかわ
●漫画:みずなともみ B6判 ●各定価:748円(10%税込)

最強最古の神竜は、辺境の村人ドランとして生まれ変わった。質素だが温かい辺境生活を送るうちに、彼の心は喜びで満たされていく。そんなある日、付近の森に、屈強な魔界の軍勢が現れた。故郷の村を守るため、ドランはついに秘めたる竜種の魔力を解放する！

1~24巻 好評発売中!

各定価：1320円（10%税込） illustration：市丸きすけ

漫画：くろの　B6判
各定価：748円（10%税込）

この作品に対する皆様のご意見・ご感想をお待ちしております。

おハガキ・お手紙は以下の宛先にお送りください。

【宛先】

〒150-6019 東京都渋谷区恵比寿4-20-3 恵比寿ｶﾞｰﾃﾞﾝﾌﾟﾚｲｽﾀﾜｰ19F
（株）アルファポリス　書籍感想係

メールフォームでのご意見・ご感想は右のＱＲコードから、
あるいは以下のワードで検索をかけてください。

アルファポリス　書籍の感想　検索

ご感想はこちらから

本書はWebサイト「アルファポリス」（https://www.alphapolis.co.jp/）に投稿されたものを、改題、改稿のうえ、書籍化したものです。

拾《ひろ》ったものは大切《たいせつ》にしましょう2

～子《こ》狼《おおかみ》に気《き》に入《い》られた男《おとこ》の転《てん》移《い》物語《ものがたり》～

ぽん

2024年 5月30日初版発行

編集－八木響・村上達哉・芦田尚
編集長－太田鉄平
発行者－梶本雄介
発行所－株式会社アルファポリス
〒150-6019 東京都渋谷区恵比寿4-20-3 恵比寿ｶﾞｰﾃﾞﾝﾌﾟﾚｲｽﾀﾜｰ19F
TEL 03-6277-1601（営業）　03-6277-1602（編集）
URL https://www.alphapolis.co.jp/
発売元－株式会社星雲社（共同出版社・流通責任出版社）
〒112-0005 東京都文京区水道1-3-30
TEL 03-3868-3275
装丁・本文イラスト－TAPI岡
装丁デザイン－AFTERGLOW
印刷－中央精版印刷株式会社

価格はカバーに表示されてあります。

落丁乱丁の場合はアルファポリスまでご連絡ください。

送料は小社負担でお取り替えします。


ISBN978-4-434-33922-6 C0093